九歌一〇八年童話選

早起的蟲兒被鳥吃

林哲瑋 主編

2019

九歌年度童話選

108

年度童話獎

得主

劉碧玲

作品

回家

九歌出版社

九歌108年度童話獎　得獎感言

◎劉碧玲

從我動心起念寫第一篇童話，一直到我寫的童話上報，經過五年。這五年，我請教兒童文學作家，讀古今中外童話，研讀探討童話的論文，都不得其門而入，但從沒放棄。

當我的腦子裡的童話開關打開了，發現世界就是一個童話世界。如踩到之後會臭得和狗大便幾乎一樣的銀杏果實；蚯蚓決定發揮同胞愛，接受突變種的白色蚯蚓，其實只是掉在地上的米苔目，一顆童話心看世界，創作童話變得很愉快。

我喜歡在童話故事結尾埋下一顆希望種子，有希望，才能帶領我們走過生命中的難關。

謝謝大小主編喜歡我這篇〈回家〉的童話，我們最愛的人有可能離開我們到另外的世界，可是因著彼此的愛，最愛的人和我們將會永遠在一起。

108年童話選 目錄

小仙貝的開學日

／王宇清

◎ 插畫／吳嘉鴻

作者簡介

本體是一隻滿嘴尖牙，會噴酸毒的懦弱妖怪，藉著寫故事修煉成更好的自己。

曾獲九歌年度童話獎、國語日報牧笛獎、九歌現代少兒文學獎、好書大家讀年度最佳讀物獎等。作品包含《妖怪新聞社》系列、《願望小郵差》、《空氣搖滾》等。

童話觀

以最大的努力、誠意和創意，為讀者創作最佳的娛樂文學和文學娛樂。

今天是魔法學園的開學日，也是仙貝第一天上學。她好期待交新朋友，學新知識喔！

「寶貝，上學沒有媽媽陪，ＯＫ嗎？」

「ＯＫ！」

儘管仙貝一直跟媽媽保證沒問題，但當女兒說完再見，轉身走進校門後，媽媽再也忍不住了……

她施展隱身術，跟著進了教室。

沒有人發現自己。

呵呵，自從仙貝出生，自己一直忙著照顧孩子，魔法竟沒有退步，媽媽很得意。

「仙貝會不會不適應、想媽媽？」媽媽好擔心。

可是仙貝似乎一點也沒有想媽媽的樣子，上課認真，和同學相處愉快。

「我的寶貝長大了。」

站在仙貝身旁的媽媽，看著女兒元氣十足的模樣，感動得掉下眼淚。

瘩！

眼淚碰巧滴在仙貝桌上。

「糟糕！」媽媽一緊張，竟現出了原形。

「媽！妳怎麼會在這兒？」仙貝吃驚看著媽媽。

媽媽勉強擠出尷尬的微笑。

「糟糕，仙貝一定會怪我跑來偷看她。」

正當媽媽不知如何是好，卻聽老師說：「各位小朋友，開學第一天，學園特別邀請了擅長魔法的爸爸媽媽來表演！仙貝媽媽表演的是——隱身術！」

「哇！仙貝媽媽好厲害！」同學們好羨慕。

「還沒結束呢！」老師說，「接著是小甲爸媽的變身術！請現身！」

只見牆上的一隻壁虎跳了下來，變成了一個男人，牆角的一根掃把，變成了一個女人。

「哇~超酷的！」全班又是一陣驚呼。

「爸！媽！」小甲大叫。

「接著是妙兒媽媽的畫中術！」老師說，「請看牆上的畫。」

只見牆上的風景畫中，遠方有個模糊的人影，漸漸走近，最後走出了畫框，是一個女人。

「哇！」全班熱烈鼓掌。

「媽媽！」妙兒衝上前，擁抱媽媽。

「往後的魔法課，會邀請各位優秀的爸爸媽媽一起擔任助教喔！」老師對著幾位家長眨了眨眼睛。

「好棒！我要學！」

原來，老師早就發現因為關心孩子，施法偷偷躲在教室裡的家長了！老師可是擅長能看穿一切偽裝的「透視術」魔法高手！

由於這些爸爸媽媽的加入，開學的第一天，變得格外熱鬧有趣。大家一起看厲害的魔法表演，一起學魔法，太開心了！

「媽媽好棒！」仙貝親密地摟著媽媽。

媽媽好開心，仙貝好棒，仙貝的學校也好棒！

——原載二〇一九年九月《小行星》第四十二期

編委的話

● 黃晨瑄

故事裡面的爸爸媽媽，為了觀察孩子的上學情形，紛紛都用了隱身術，善解人意的老師，讓爸媽可以正大光明的關心自己的孩子，讓整堂課就像是精彩的魔術表演，真是太酷了！

● **葉力齊**

小仙貝媽媽因為過於擔心小仙貝而使用隱身術進入校園。跟很多家長一樣，都過於擔心自己的孩子，而過於介入小孩的生活，但在現實中被發現，可沒有「老師」來解救你。

● **謝沛芸**

我最欣賞老師的臨場反應，開學第一天不但讓家長化解了尷尬，也讓小朋友以為這是老師和家長們刻意安排的表演，而故事中的各種魔法更是每個小朋友都希望能擁有的。

妖怪惡龍的願望

／廖智賢

◎ 插畫／吳嘉鴻

作者簡介

新竹出生成長、台北成家立業，無論轉職何處，始終搖筆桿、爬格子、算字數。擁有兩個女兒之後，開始熱衷讀繪本、寫童話。曾獲教育部文藝創作獎、竹塹文學獎、國藝會文學創作補助計畫；著有小說集《重修舊好》。

童話觀

除了透過這個故事解釋東西方文化差異，也獻給覺得生活「不夠好」的孩子。

我們時常羨慕他人，無論是外表或對方擁有的事物，於是渴望自己也成為那樣的人，但是，光鮮亮麗的背後是否真的如想像之美好呢？

「你這個妖怪，趕快把我的公主交出來，不然，看我怎麼對付你！」王子在城堡外頭舉著利劍高喊著。

惡龍：「好累呀！又要應付這種局面。」

公主：「你再幫我一次忙，我們又吵架了！」

惡龍：「妳自己去跟王子懇談，不要每次都拿我當擋箭牌。」

長期處理王子公主的感情世界壓力很大，導致惡龍的作息與飲食都不正常，胃食道逆流，最近連吐火都咳嗽不止。

幾千年了，在西方大家總是把龍當作無惡不作的妖怪，因此惡龍非常羨慕在東方的神龍，不只受人民愛戴，還可以管理小妖怪，地位崇高，而且流傳過來的故事更是把神龍當作正義化身。

惡龍再也受不了一直被當作妖怪，還要介入王子公主的家務事，他決定要去東方拜訪神龍，商量交換彼此的工作。

飛過浩瀚沙漠、遼闊草原與汪洋大海，惡龍總算來到東方，一如他的想像，看見好多人虔誠向神龍許願，還獻上珍稀寶物與精緻料理，比起他在西方做妖怪，神龍真是太有面子！

夕陽西下，向神龍祈福的人潮散去，惡龍終於有機會說明來到東方的前因後果。

惡龍：「在西方，我一直被當作妖怪，每天追著我打的人跟找你幫忙的人一樣多，我太羨慕你了，明天過後可否讓我擔任神龍。」

神龍：「幾千年來我偶爾想偷懶都沒有辦法，這次有你來代班，太感謝了。」

因為怕對方不答應，惡龍原本還設想各種威脅利誘的方式，沒想到，神龍竟然爽快答應，他感到莫名其妙！

交班的第一天，天還沒亮，惡龍就已經扮裝完畢，興奮的等待人們對他的

尊敬與恭維，果然，他馬上就聽見廣大信眾的熱情呼喚。

「今年我的農作物一定要豐收，請神龍保佑賺大錢！」

「最近身體太差，請神龍賜給我健康！」

「神龍呀！我希望學業進步，下一次段考可以前三名。」

大家的期待與提問層出不窮，惡龍只能點頭稱是，但是他的心中充滿疑惑；不過，他想到神龍昨晚的提醒，要他專心聆聽，千萬不要過問。

最後，惡龍克制不了情緒，於是向開口祈願的人吐槽說：

「你就是太貪吃才變胖，只要多做運動，身體自然恢復健康呀！」

「哼，你隨時都抱著手機打妖怪我很生氣，只玩電動不讀書，好成績不可能。」

「神龍你就是要完成願望，如果這都做不到，我們找其他神明算了。」沒想到惡龍竟然得到一堆抱怨。

惡龍震怒之下，張口吐出凶猛火焰，嚇壞在場的所有人；唯獨在天空觀看的神龍哈哈大笑。

「是妖怪！這裡有妖怪！快來抓住這個妖怪，難怪我們去年的收成不好！」

不只是言語毀謗惡龍，甚至還有人投擲石頭攻擊。

傷心又氣憤的惡龍脫掉身上的扮裝，飛到了神龍身旁道歉說：「別笑了啦，我也是為你生氣，他們實在很沒禮貌，根本不尊重你。」

惡龍這才明白，旁人看似輕鬆的任務，其實背後有著不為人知的辛苦。

回到西方的惡龍，還沒降落就聽到村莊的人喊著妖怪出現了，他突然感到開心，因為在這裡他可以自在翱翔不受控制，想發脾氣就可以吐火，也無須擔心沒辦法達成別人的願望。

王子喊：「你這妖怪，快把公主放出來。」

惡龍認真的對準他的盾牌吐火；當個自由自在的妖怪，還是很不錯的。

——原載二〇一九年七月《小典藏》第一七九期

編委的話

● **黃晨瑄**

人們經常羨慕別人所有，但是如果真的易地而處，便會發現別人的難處。其實沒有什麼任務是最簡單，沒有什麼工作是最輕鬆，只有適合自己的任務，才能做起來駕輕就熟。

● **葉力齊**

雖然討厭自己的工作，想去當東方神龍，但到頭來還是不喜歡。每個職業都有它的好處和壞處，但在挑選工作時，不只要考慮好處和壞處，還要考慮自己的興趣喔。

● **謝沛芸**

這是一篇很有寓意的故事，要選擇做自己喜歡的事情，不要嘗試了以後才後悔，故事的龍當了東方神龍也沒有比較開心，所以要先想好自己的興趣，再去做正確的選擇。

郝禱梅

／周姚萍

◎ 插畫／李月玲

作者簡介

兒童文學創作者。著有《日落台北城》、《台灣小兵造飛機》、《我的名字叫希望》、《守護寶地大作戰》、《翻轉！假期！》、《換換》等書。作品曾獲金鼎獎推薦獎 、聯合報讀書人最佳童書獎、九歌年度童話獎、好書大家讀年度好書等獎項。

童話觀

童話是一只魔術盒子，一打開，便蹦出變幻與驚奇，更像使了魔術般，讓人們自心的底層，湧起那也許已遺忘、卻最為單純美好的情感。

郝禱梅非常、非常喜歡自己的名字，也非常、非常喜歡自己。

小時候，每當同學遇上倒楣事，好比走路不只碰到撞到還摔倒，好比大風將帽子吹走不打緊，連手上冰淇淋也掀翻掉到別人頭頂上，好比被蚊子報血海深仇似的猛叮一堆包癢得快抓狂，因而大叫著「好倒楣」時，郝禱梅總不自覺大聲應道：「有！」隨之而來的便是哄堂大笑，連遇到倒楣事的那個人，也忍不住笑開，忘掉前一刻還「好倒楣」呢。

而且，假使郝禱梅自己遇上倒楣事，她腦中就會「噹」一聲冒出發明有趣東西的靈感，即使當時沒辦法做出成品，也會興沖沖畫下設計圖。

更妙的是，郝禱梅長大後，成了一位不倒楣時根本發明不出東西，一旦「好倒楣」就發明出「好棒棒」物品的發明家。

此時的郝禱梅，如果較長時間沒遇上倒楣事，便想方設法讓自己「好倒楣」。

例如她聽說「烏鴉是倒楣的徵兆」，於是開始養烏鴉。然而，烏鴉很愛晚上「啊啊啊」亂叫，叫到她睡不著，抱頭大喊「好倒楣」。不過，靈感真的來了，她因此發明出「保證吵到腦子清醒之烏鴉叫聲鬧鐘」，除了發出聒噪的呼叫，還會冒出翅膀「啪啪啪」拍動不停，非吵到主人醒來誓不甘休。

還有一次，郝禱梅特別選在十三號星期五的四點四十四分四十四秒出門，希望自己「好倒楣」。嘿，還真的呢！她一出門就踩到狗大便，後來又踩到兩次。當她正想著「最好再多一次才真的好倒楣」時，有一隻狗好像聽到她的心聲，突然便便在她往前踏出的一隻腳上，她一驚，腳一甩，狗便便被甩到路燈的燈柱上，這讓郝禱梅又亮起發明點子：收集狗便便作為路燈發電的材料吧！既能讓狗大便不變成垃圾，還能以省成本的方式生產乾淨的電。

等到招攬霉運的方法都用光，郝禱梅又冒出一招：四處逛大街，看能不能借用別人的「好倒楣」。當她腦中跳出這招時，臉上滿是笑容，心裡還竄過陣陣暖意。

這天，郝禱梅第一次到路上閒晃，希望借到「好倒楣」。

「哇！好倒楣！」好倒楣的人真不少哪，旁邊的公園很快傳來大叫。

郝禱梅差點又像小時候一樣，衝口以宏亮的聲音應道：「有！」不過，她趕緊把它吞下，循著聲音傳來的方向跑進公園，看到一位剪著馬桶蓋髮型的太太苦著臉，眼睛正往上瞄。

太太頭上的「馬桶蓋」，剛剛「接」住了新鮮的鳥便便。

「嗚，好倒楣！好倒楣！好倒楣！我才從美髮院出來，就變成鳥兒的馬桶了。」她才抱怨著，「噗咻——」又一隻鳥兒飛到她頭上的「馬桶」如廁。

「哇啊，好倒楣！好倒楣！好倒楣！人家剛換新髮型來逛街、逛公園……」

郝禱梅腦中隨即靈光一閃，她想到可以發明一種透明、輕軟、防水、好

洗、能記憶髮型改變形狀的新材質，製作出「不怕屎帽」；戴上它可保護腦袋「不怕屎」，而且，美麗髮型依舊清晰可見，也不會壓扁任何造型。帽子還附設必要時才會出現的隱藏式可選擇裝置——想發洩怒氣，就選「以屎還屎」功能，接住鳥大便後，靠著感應彈回「作案」的鳥兒身上；想讓小小犧牲轉化為小小貢獻，就選「肥屎」功能，收集落下的鳥大便，讓裝置自動製成肥料，再用來澆灌植物，保證花木肥肥壯壯、健康不死。

郝禱梅埋頭研發出這個新產品後，特別送去給曾留下聯絡方式的馬桶蓋太太試用。不過，這時，馬桶蓋太太已換成蓬蓬頭新造型，但是不怕，新產品叫「我型我塑帽」，蓬蓬頭依然可維持漂亮的原樣，讓蓬蓬頭太太滿意得不得了，立刻戴出門逛大街、遊公園。

至於郝禱梅呢，她在回家的路上，竟又借到了「好倒楣」。

那是她前方的一位紳士，一連踩到香蕉皮狂滑三次，在「好倒楣」的呼喊聲中衝往一叢灌木，再被往上彈向高大的樹木所伸出的樹枝，強大的反作用力，讓紳士直衝旁邊的高樓，幸虧他攀住高樓牆壁的突起物。不久，「喔咿喔咿喔咿」的警報聲就朝那兒疾馳而去，雲梯車出動展開救援啦。

「唉呀，到處都是亂丟的垃圾，真是髒亂又充滿危險。好，我知道接下來要發明什麼了。」

郝禱梅借來「好倒楣」，發明出一款機器人，平時可在街道上撿拾垃圾，還能做分類，香蕉皮等有機物歸一類，用來發電供應機器人本身的動力，其他的垃圾則送交回收或垃圾處理場。而假使有需要，機器人還可伸出隱藏的八隻腳，變身成八爪章魚般，爬上人力難以到達的地方展開救援。

這天，郝禱梅邊走邊想著自己因借用「好倒楣」而得來的成果真是豐碩。突然間，傳來一聲「郝禱梅」！她想都沒想的應道：「有！」因為這聲音如此熟悉，甚至在最近的夢中曾響起多次。

郝禱梅轉頭一看，瞧見了令人懷念的身影。廣場上，一名男子坐在輪椅上衝著她笑；那是她的小學同學，許多年不見，模樣依舊，只是身形放大些而已。

「真的是妳，郝禱梅！」

「真的是你，趙艾憲！」

老同學相認，分外興奮。

「你以前一點都不愛現，現在變成『超愛現』啦，和朋友一起跳輪椅舞？」

「是啊。」趙艾憲微笑著回答；旁邊的兩位身障朋友沒放過他與郝禱梅聊天的空檔，繼續練著輪椅舞。

「能舞一曲讓我好好欣賞嗎？」郝禱梅央求著。

「當然沒問題，誰讓我叫『超愛現』呢？」趙艾憲莞爾一笑，與友伴滾動

輪椅的輪子，跳起美妙的舞蹈，讓郝禱梅陶醉其中。

結束舞蹈，趙艾憲的友伴先離開了，他則與郝禱梅繼續聊。

他對郝禱梅說：「記不記得，妳第一次說要跟我借『好倒楣』時的情景？」

郝禱梅點點頭：「那時，你常常喊著自己『好倒楣』，也真的像被霉運附身。一次，你買了珍珠奶茶卻拿回綠茶多多，一喝便嗆到，用力一咳又噴出來，還噴得路過的校長一臉都是。我對你說要借你的『好倒楣』來發明東西，用光你的『好倒楣』，這樣你就不會繼續走霉運了。那是我第一次向你借『好倒楣』，畫出『不會搞錯不需吸管絕不嗆到噴得別人滿臉都是透明環保杯』設計圖。」

「對對對。而且，我得坐輪椅移動，偏偏騎樓高高低低，讓我必須繞進繞出，還老是撞東撞西，有時甚至跌個狗吃屎，更成了遲到天王加爽約一哥加臭臉小子。後來妳向我借了『好倒楣』，用來畫出『好棒棒好貼心讓人笑咪咪長腳輪椅』設計圖，具有伸出長腳輕鬆跨過不平處的功能。妳一次次向我借走『好倒楣』，我真的愈來愈不倒楣、愈來愈順利。對了，那時的設計，後來妳都真的做出來了，對吧？我只要看到，就會買下，不但好用，還能讓我重溫過去時光，很溫暖。」

郝禱梅笑著點點頭，「那些設計都經過改良並製作出來，變成很棒的產品。好一陣子之前，我也因為看到它們，想起往事，所以開始跟路人借『好倒楣』。希望所有『好倒楣』都會被『郝禱梅』遇到，並且借光光。」

「一定會的，因為妳是『郝禱梅』啊。」

「嗯，因為我是『郝禱梅』！」

兩位老同學說著，忍不住相視而笑。

「唉呀，好倒楣！」遠遠的，似乎傳來這樣的叫聲。

郝禱梅向趙艾憲揮揮手說：「看來又有人需要我了。」趙艾憲揮手笑著說：「快去吧！人生難免『好倒楣』，不過，世上有位『郝禱梅』呢。」

是啊，人生難免「好倒楣」，而世上，有位「郝禱梅」！

——原載二〇一九年十一月二十九～三十日《國語日報．故事》

編委的話

● **黃晨瑄**

樂觀的郝禱梅讓好倒楣成為創意發想的點子，實在是太酷了。生活中，如果大家都能學習郝禱梅遇到倒楣事的正能量，不就可以把阻力化作為助力了嗎？

● **葉力齊**

郝禱梅正如她的名子一樣，真的「好倒楣」，附近的朋友都會遇到倒楣事，但她反而會想出超多神奇的點子，並把它發明出來。

● **謝沛芸**

郝禱梅的想法很特別也很有創意，換個思考方式也許能讓我們的生活變得很不一樣，我覺得郝禱梅的名字雖然聽起來很倒楣，卻取得很好，能呼應故事內容。

和熊比腕力

／陸利芳

◎ 插畫／陳和凱

作者簡介

常用筆名芝墨，在各類中小學報刊雜誌上刊登童話、幻想、校園故事二百多萬字，改編名著十餘本，多篇作品入選年集及教輔書，獲評《小星星》雜誌二〇一七年度作家，二〇一七年度《語文週報》優秀作者，二〇一八年冰心兒童文學新作獎。

童話觀

闖入心靈世界最美的是文字，文字世界中最美的題材當屬童話。孩子們遇到童話，將開啟寶貴的想像力；大人們遇到童話，將返老還童，返璞歸真，找到童年時代的自己。我愛童話，爭取寫出更多、更好、更美的童話與大家分享！

我清清楚楚的記得，那天是星期六。爸爸媽媽出門之前交代我，把地板掃乾淨，把垃圾扔到外面的垃圾桶裡。對於我來說，實在是一項艱巨的任務。

我打開窗戶深呼吸，窗外陽光燦爛，新鮮的空氣多麼誘人，這樣的好天氣不去外面走一走，實在太可惜了。於是，我穿上外套，出門散步去了。

走進一條小巷子裡，一群人吸引我的注意力。

「怎麼回事？」我好奇的走近，期盼看見有趣的場景。經驗告訴我，凡人群集中之處，必有故事發生。

人實在太多了，還時不時的喊：「加油。」我花了六秒鐘時間，才突破包圍，看到了正中央的那兩個人。呃，確切的說，是一個人和一隻熊。

那個人是一個健壯的大漢，胳膊比我粗多了。那隻熊塊頭不小，穿著藍色衣服的黑熊，看起來力氣不小。

這真是一場精采的比賽啊！一人一熊在比腕力，雙方咬牙切齒，憋得面紅耳赤，互不相讓。

「加油！加油！」站在我左邊的人大聲喊著。

「大塊頭加油！大熊加油！」站在我右邊的人也大聲喊著。

高分貝的聲音讓我有一些些煩躁，但是這場比賽太有趣了，讓我捨不得挪開腳步。

形勢漸漸發生了變化。眼看著熊占了優勢，我的內心無比焦急。

「加油啊，別輸給牠！」我朝著那位壯漢說道。

唉，太可惜了。我的話音剛落，壯漢就輸了，熊贏得了比賽。

支持熊的那些人歡呼雀躍，好像贏得比賽的是他們自己似的。支持壯漢的那些人沉默嘆息，紛紛表示可惜。

「誰還要比一比嗎？」熊問道，「誰要是輸了，買兩個蘋果給我。誰要是贏了，我為他做一天家務。」

「做家務？太好了！」我在心裡默默的想。況且，兩個蘋果和一天家務絕對不是等值的。我覺得，這隻熊不會算帳，數學能力肯定非常差勁。

誰怕誰呀！我挽起衣袖，一屁股坐在了熊的對面，聲音洪亮的說：「我來！」

熊對我微微點頭，笑盈盈的說：「請指教！」

哎喲，還挺客氣的。我也輕輕點頭，說：「請！」

熊的手掌寬大厚實，剛剛握住我的手，我的心裡就打起鼓來。天哪，這一局鐵定要輸了。我一邊琢磨如果輸了該以怎樣的姿態離場，一邊暗暗籌畫獲勝的方法。

「我來當裁判吧！」一位觀眾說道，「預備，開始！」

緊接著，我聽見身旁傳來震耳欲聾的呼喊聲，有些是偏向我的，但更多是偏向熊的。

熊剛剛獲得了勝利，人們覺得牠厲害，是正常現象。至於那些支持我的人，可能和我有同樣的想法，覺得人類與生俱來有一種優越感，絕不能輕易服輸。

剛開始的時候，我的體力還能支撐一會兒，跟熊比了平手，但很快就力不從心了。再看熊，眼神非常鎮定，當我朝牠看的時候，牠還咧開嘴衝我笑呢！

我手上用著勁，腳下也沒放鬆。當我的腳無意中踢到熊的腳，一個邪惡的念頭由然而生。

我狠下心腸，用力踩了熊一腳，然後手上一用力，贏得了這場比賽。

「太棒了！」

「好厲害！」

身旁的人歡呼著說。

我的臉悄悄地紅了，下意識的低了頭。除了我和熊，大概沒有第三個人知道我在這場比賽中使了詐。我自知勝之不武，所以不敢去看熊的眼睛。

「我輸了。」熊的聲音聽起來沒有生氣，牠說，「按照約定，我去你家做一天家務活。」

熊跟著我，慢慢地走在街上。當人群不再關注我們的時候，我悄悄對牠說：「其實，你可以不用遵守這個約定。」

「那怎麼行啊！」熊說，「我們熊言出必行，一定會做到的。」

聽熊這麼說，我更加內疚，更加慚愧了。然而，高傲的內心讓我沒辦法低頭認錯。

原本以為粗枝大葉的熊並不擅長做家務，可是來到我家之後，熊就拿起掃帚，一寸一寸的掃起地來；那一絲不苟的表情，認真得讓我有點過意不去。

「不好意思，麻煩你了。」我說。

「不麻煩。」熊說，「給我一點時間，我給你一個乾乾淨淨的家。」

「謝謝你！」我真誠的道謝。

熊掃完地，又幫我擦玻璃。擦完玻璃，又清理了廚房。從廚房出來，牠又幫我卸下很久沒洗的窗簾，將它們重新改頭換面，整理得香噴噴的。在熊忙碌這些的時候，我也拿著一塊抹布，把桌子、椅子全都擦了一遍。

看著煥然一新的家，我朝熊豎起了大拇指，由衷誇讚道：「熊先生，您真能幹！」

不知不覺中，我對熊用起了敬語。我發現熊比我想像的要優秀許多。

「別客氣。」熊說，「除了家務活，我還會修理東西呵。剛才我發現有一把椅子有些搖晃，該修一修啦！」

熊向我要了工具箱，一邊幫我修理椅子，一邊跟我聊起牠的家鄉。

熊的家鄉在一片美麗而遙遠的森林裡。很小很小的時候，熊就想來城市裡看一看。可是，熊的家人反對，說人類世界裡有許多壞人。人類也許會友好的對待小兔子和小松鼠，卻不會友好的對待大塊頭的熊。

熊偷偷摸摸的學習人類的語言，研究人類的習慣，甚至學會了做家務和修理家具。熊說，人類既聰明又友好，在與人類共同生活的這段時間，牠學到許多，也懂得了許多，覺得非常快樂。

「你也許知道吧，我踩了你的腳。」我決定承認自己的錯誤。

「是的，我知道。」熊說，「本來嘛，我的力氣比你大一些，你不一定能贏……」

熊的善解人意讓我又一次臉紅了，不是羞怯，而是愧疚。我輕聲說：「對不起。」

「沒關係。」熊說，「椅子修好了，你看看，還滿意嗎？」

「很滿意。」我說，「熊，我們再來比一次腕力吧！這一次，我要使出全力，而且不會再做小動作了。」

「好啊，樂意奉陪！」熊把手掌舉了起來。

陽光落在熊的臉上，將牠的皮毛映照得黝黑發亮。牠的臉上掛著我從沒見過的最美的笑容。

——原載二〇一九年十月十八～十九日《國語日報・故事》

編委的話

● **黃晨瑄**

我覺得熊真是個守信用的人，牠雖然知道自己沒有輸，但是「一言既出，駟馬難追」負責的履行承諾。守信用的熊讓身為萬物之靈的人類有了不同的省思，實在太有意思了。

● **葉力齊**

主角在和熊的比賽中用了小伎倆，踩了熊的腳來贏取比賽，雖然熊一直都知道，但牠還是幫主角打掃。熊能夠有如此善解人意的個性，是非常厲害的。

● **謝沛芸**

熊雖然知道主角故意踩牠的腳，但還是非常誠懇有信用的幫忙主角做家務，而主角最後也知道自己的不對主動承認錯誤，其實不論是有智慧的人類還是有力量的熊，在現實的生活中，也是可以和平共存當最好的朋友。

蜘蛛小姐的舞伴

／康逸藍

◎ 插畫／吳嘉鴻

作者簡介

淡大中研所畢業。曾任淡水國中、舊金山培德高中、曼谷朱拉大學中文教師，淡水天生國小駐校作家；東華書局、國語日報、時報文化出版公司編輯。現為翰林出版社編審委員。出版童話故事集、童詩集、新詩、散文、小說等。

童話觀

我出生於淡水小鎮，身上有濃濃土味，愛玩、愛鬧，更愛幻想。大自然是我書寫的沃土，我在其中觀察，把無數紛飛的種籽，拈來揉合、轉化，變成星星點點的火花，撒向天空，撒向江河，願與愛玩、愛鬧、愛幻想的大朋友、小朋友分享。

蜘蛛已經餓了好幾天了，因為颱風過境，風雨太大，沒有辦法結網。今天一大早，蜘蛛心裡想的菜單是：二公分的大蚱蜢。

蚱蜢是蜘蛛最想吃的大餐，可是要怎樣吸引蚱蜢走入她的天羅地網呢？有了，蜘蛛跑到稻田裡，抱著幾粒稻穀回來放在樹幹上，就努力結網。

想捕捉大蚱蜢應該要扎實的網，平常的八卦陣不夠看，蜘蛛決定創新造型。第一個撞進她腦子裡的是蜂窩，蜂窩的造型很緊密，獵物一旦落網就逃不出去，於是她織出一個又一個的六角形，再把它們牢牢連結，而且整張網是立體的。蜘蛛雖然很餓，但是想到美味大餐，就忘了飢餓。

「哈哈哈，蜘蛛，妳的頭殼壞去了，妳以為自己是蜜蜂嗎，怎麼結出這種網啊？這個網怎麼看都是山寨版哦。」飛過的蜜蜂笑歪了嘴。蜘蛛不管他，繼續結她的網，好容易把網結成了，在太陽底下閃閃發亮，她覺得這個蜂窩型的網真像個藝術品。不過藝術品不實用，她要試試網的堅韌度夠不夠？於是她把穀子弄到網上卡住，這裡一顆、那裡一顆的擺上去。

遠遠飛過來一隻蜻蜓，盤旋在蜘蛛網旁邊，說：「蜘蛛，妳什麼時候改吃素了？要不要順便念幾聲南無阿彌陀佛呀？哈哈哈，要笑掉我的大牙了。不過我得小心，這網很恐怖！」

蜘蛛瞪他一眼說：「你到網子裡來教我念吧！」蜻蜓用一隻腳試試，差點被勾住出不來，趕緊飛走。

一隻餓到兩眼發暈的蚱蜢，準備到田裡去大快朵頤一番。當他努力飛起來的時候，看到有幾粒穀子好像自動送上門一樣，他想也沒多想就俯衝下來，張口要吃，誰知道他的腳被纏住了，接著蜘蛛細長的腳來環抱住他。

「哎呀哎呀，我上當了，原來是蜘蛛妳這個大魔女。」

「嗨呀嗨呀，我有口福了，原來是蚱蜢你這個大笨蛋！」

「哼，我比妳壯，小心我先要了妳的命。」

「我們試試看吧，蚱蜢，你的腳已經被我的網給纏住了，你很幸運，是第一個掉進這個創新蜂窩網的傢伙，我叫你第一名。」

蚱蜢做夢也沒想到自己會變成蜘蛛的大餐，他拚命掙扎，可是這網真的是非常難纏，他越掙扎好像越動不得。

蜘蛛面對比她還大的蚱蜢，正在思考從哪裡吃起才好？

蜘蛛長長的腳抱住蚱蜢，她的頭上下左右動來動去，要找地方開始吃。蚱蜢全身都在扭動，急著要掙脫。

「哈哈哈，你們是在跳探戈嗎？」一隻蝴蝶飛過來，看他們兩個抱在一起，頭動來動去，身體扭來扭去，以為他們在跳舞。

這隻多事的蝴蝶剛剛吸了花蜜，心情好、力氣足，拉開嗓門叫著：「趕快來看，趕快來看，蜘蛛小姐和蚱蜢先生在跳舞耶！蜘蛛還特別布置一個像蜂窩一樣的舞台，太好看了，有誰要來幫他們伴奏呢？」

颱風過後，很多小動物都跑出來，吃飽喝足了，正需要娛樂呢！兩隻紡織娘唱起歌來，其他的蟲有當配音的，有當伴舞的，更多的是鼓掌叫好。大家都好像參加派對一樣，心情超夯。

蜘蛛和蚱蜢互相看一看，都忍不住笑了出來。

蜘蛛說：「我明明是想要把你吃掉啊，為什麼被說成是在跳舞呢？」

蚱蜢回答：「我是決心捍衛生命，把我偷學來的螳螂拳都用上了，怎麼會被當成跳舞，真是太侮辱我了！」

蜘蛛說：「算了算了，這種氣氛下，我哪有心情吃你，不如我們真的來跳舞吧！蚱蜢先生，你願意當我的舞伴嗎？」

蚱蜢看看四周，說：「觀眾這麼熱烈，我也只好用跳舞來回應他們了。蜘蛛小姐，我很榮幸能當妳的舞伴。」

於是，蜂窩型的舞台上，蜘蛛和蚱蜢跳著跳著，都忘記肚子餓那回事了。

——原載二〇一九年九月十一日《國語日報・故事》

編委的話

● 黃晨瑄

誰不知蜘蛛結網就是為捕捉獵物？不過蜘蛛卻能夠迎合大眾，將和蚱蜢的一番拚搏當作是舞一場曼妙的華爾茲，這不也算是一種另類的蟲蟲大和解？

● 葉力齊

蜘蛛小姐做出許多創新的舉動，像把蜘蛛網編成六角形，但這都不太吸引我，其中最吸引我的就是最後蜘蛛小姐和蚱蜢先生無俚頭的以跳舞來結束。

● 謝沛芸

這是一篇很可愛的故事，原本是蜘珠和蚱蜢的生死搏鬥，卻因為蝴蝶的想像力和其他動物的伴奏配樂，讓緊張的氣氛頓時變成了歡樂的舞會，蚱蜢和蜘蛛從天敵變成舞伴應該是他們始料未及的吧！

漂亮的小蜘蛛

／黃脩紋

◎ 插畫／吳嘉鴻

作者簡介

生於高雄，長於鳳山，現居於台南，是個超愛看電視的高中教師。外表很嚴肅，內心很幼稚，喜歡問別人「為什麼」，自己也常常被小孩問倒。相信這世界上唯一的真理，就是世界上不會有唯一的真理。

童話觀

女生愛漂亮，男生愛打扮，人人都可以亮眼美麗。男生很勇敢，女生很強壯，人人也都能充滿自信。每個人，無論性別，別讓刻板印象束縛自己，我們都是自由的個體，都能活出最適合自己的快樂人生。

叮叮噹噹，叮叮噹噹，下課鐘聲響起，小朋友馬上往外跑！哇！趕快去玩盪鞦韆！大家一起溜滑梯！還有最好玩的堆沙堡！

只有樹葉班，雖然全班鬧哄哄，可是沒人跑出去，反而爭相往內鑽，還來了幾個珊瑚班、草原班的小朋友，擠在窗台向內瞧，好奇得不得了。「哪邊？哪邊？到底在哪裡呀？」個子矮的小傢伙，看不到裡面，著急地跳腳；旁邊的好朋友，用力把他往上抱，「你看！你看！就在那裡嘛！那隻黃條紋的小蜘蛛！」

一隻小蜘蛛，三角形小腦袋，橢圓形大肚子，全身黑漆漆，像是閃閃發亮的黑石頭，畫上金黃色條紋，又醒目又亮眼，又漂亮又帥氣；八隻手腳纖細修長，同樣配上黃黑色調，兩隻前肢動作靈活，纏纏繞繞幾秒鐘，口中吐出的幾團白絮，立即編成小漁網，再點上幾滴露水，又像是閃閃發光的鑽石項鍊。「哇，你的手好靈巧呀！」小蜘蛛身邊的小斑蟬，羨慕極了，鼓起翅膀拍拍手！

這裡是快樂小學，每天早上，爺爺奶奶爸爸媽媽，便會帶著小朋友，手牽手一起來上學；小朋友好開心，上學腳步好輕盈，因為快樂小學，每個地方都好玩。快樂小學有大大的草地，綠草茂盛，樹叢蓊鬱，能讓蚱蜢、蟋蟀蹦蹦跳，大個子的羚羊、鴕鳥也能盡情奔跑；還有清澈的流水，讓小魚優游、小蝦攀岩，蝌蚪扭扭小尾巴，躲到蘆葦叢裡捉迷藏；也有一整片沙漠，蠍子鑽進沙堆，全身烘得暖呼呼，旁邊站隻小駱駝，闔起長睫毛正在偷偷打瞌睡；還有一個大海灣，海龜慢慢匍匐，潛進水中立即加快速度，趕緊把接力棒交給水母寶寶，快呀快呀，下一棒的海豚正在大聲喊加油！哎呀，尖叫太大聲，會吵到別人，沼澤一片靜悄悄，小螃蟹默默挖洞穴，小肺魚鰓邊冒泡泡，小山雀細心梳羽毛，露出兩隻眼的小鱷魚，正在享受泥漿浴，皮膚更加滑溜溜。

快樂小學，歡迎所有小生物，不管是天上飛的、水中游的、陸上跑的，只要還沒長大，只要還想學習新事物，都能來到快樂小學，和其他小朋友，一起玩耍，一起上課，一起睡午覺，一起手牽手跳起波浪舞。今天，快樂小學來了一個新同學，是隻金黃色小蜘蛛，小小臉蛋好精緻，紅色嘴巴，雪白鼻頭，藍色長睫毛，細細手腳多麼修長，黃黑配色鮮豔又迷人，最喜歡吐絲和編織，編出一個小花環，或是一個小提籃，小朋友看得好著迷，大家都想圍在他身邊；所以，每節下課，樹葉班總是擠滿小傢伙，大夥盯著小蜘蛛，希望認識新朋友。

小蜘蛛正在編織新花樣，像是綴滿蕾絲的白餐墊，又像層層疊疊的六角雪花；小蜘蛛聚精會神，臉蛋微微透著粉紅色，像個夢幻小精靈，卻忽然哇哇大叫：「哎呀，我都忘記要去上廁所了啦！」前面的小麻雀，趕快嘰嘰喳喳：「小蜘蛛，我帶你去！男廁就在樹蔭下，上完廁所，還能一起去採莓果！」門邊的小松鼠，蹦蹦跳到教室內：「小蜘蛛，我也陪你一起去！我們一起來比賽，看誰最快爬上樹！」整間教室好熱鬧，大家搶著舉手，個個興高采烈，要和小蜘蛛一同出去玩！

小蜘蛛好開心，他想吃莓果，他也想摘松果，他最會爬樹和賽跑，可是，小蜘蛛想先去尿尿：「好朋友，告訴我，女生的廁所在哪呀？」哇——大家嚇一跳！小蜘蛛不是小男生，小蜘蛛竟然是個女孩子！

「小蜘蛛怎麼可能是女生？」小獅子睜大了雙眼。「小蜘蛛，你這麼好看，才不可能是女生咧。」小麋鹿搖搖頭，頭頂冒出小樹枝，也跟著左搖右擺。小孔雀高聲啾啾：「我爸爸說，只有男生才會愛漂亮，所以小蜘蛛應該是男生呀。」不忘來個孔雀開屏，炫耀一下今天穿的七彩蓬蓬裙。「對呀對呀，我阿爸也說過，男生才可以化妝，這樣才會有氣質。」小山魈跟著點點頭，他塗了爸爸的藍色鼻影，也跟爸爸一樣嬌豔。

小蜂鳥抖抖翅膀：「小蜘蛛，如果你是女生，怎麼可以穿得這麼鮮豔呢？」五彩斑爛的羽毛，和爸爸一樣亮眼。「還有呀，小蜘蛛，男生的手腳才靈活，比較會做手工藝，我家都是爸爸煮飯做菜縫衣服，連房子都是他蓋的喔！」小鴛鴦伸長了脖子，他穿得和爸爸一樣繽紛，還和爸爸一樣靈巧，因為爸爸說，會打扮，會做家事，以後才能追到女朋友。

小蜘蛛搔搔腦袋，不知道該怎麼回答。

「小蜘蛛，你怎麼跟大家不一樣？」小鳳蝶的六隻手，全部扠在腰，覺得小蜘蛛真是莫名其妙。「小蜘蛛，這樣不對，你長得好看，手腳又靈活，還是來當男生吧。」小山羊擺動彎彎角，一定要幫助小蜘蛛，不能讓他亂亂來。鬼頭刀搖擺藍靛色身軀：「是呀，是呀，小蜘蛛，只有男生才能花枝招展，女生不可以打扮鮮豔！來！趕快脫下你的漂亮外套！」其他幾個小傢伙，跟著大聲嚷嚷，說著小蜘蛛太囂張，說著小蜘蛛太奇怪，說著小蜘蛛搞不懂男生和女生應該不一樣，說著小蜘蛛是不聽話的壞小孩、不守規矩的壞女生。

哇——小蜘蛛受不了，哭著跑出教室外。他喜歡打扮自己，他喜歡穿著漂亮，他喜歡編織手工藝，可是，他也喜歡當女生呀。為什麼，女生不能化妝、不能鮮豔、不能手腳靈活？這些事情，爸爸媽媽都沒告訴他，小蜘蛛覺得好生氣、好懊惱、好害怕，整個腦袋亂糟糟，乾脆找一個角落，躲進裡面默默哭泣。

幾隻小螞蟻，連成一長串，趕緊報告老師，小蜘蛛不見了！老師們急急忙忙、東找西找，跑過草原、渡過大溪、滑過雪地、攀爬整片叢林，就是找不到躲起來的小蜘蛛。小朋友嘰嘰呱呱，說著小蜘蛛愛哭愛生氣，說著小蜘蛛可能跑回家，說著小蜘蛛再也不上學，說著小蜘蛛自己不合群，「哼！明明是女生！幹麼偏偏學男生！」小公雞跳上講台，拍動翅膀咕咕啼，揚起雞冠又紅又大。「對呀對呀，小蜘蛛是女生耶，怎麼可以成天坐在教室裡面玩編織。」曼波魚眨著大眼睛，他家媽媽成天不在家，爸爸留在家裡照顧小孩，女主外男主內，家庭和樂好幸福。

「哈囉，大家早安。」廣播器嗡嗡作響，原來是快樂小學的校長，拿起麥克風，和全校打招呼。「各位小朋友，有沒有看到小蜘蛛呢？」大海裡的小鯨魚，搖搖尾鰭，打出一個白波浪；樹梢上的金絲猴，抓抓腦袋，長尾巴鉤出一個大問號；枯樹枝下的金龜子，左摸右摸還是找不到，搓起小手不知怎麼辦；荒野裡的小獵豹，急速衝刺跑了大半圈，卻只看到漫天塵土；懸崖旁的小海鷗，一鼓作氣向下滑翔，到處都是藍藍天空和綿綿白雲，哪裡會有小蜘蛛，只好啞起嗓子嘎嘎叫。「沒有，沒有，每個地方都沒看到小蜘蛛。」老師們累到虛脫，坐在地上直喘氣；「找不到，找不到，小蜘蛛一定跑回家了。」小朋友搖手跺腳，大家又嘆息又抱怨。

校長好納悶：「哎呀，小蜘蛛幹麼跑回家？」小朋友東一句、西一句，說出小蜘蛛的種種不對。

校長點點頭：「原來是這樣，小蜘蛛穿得鮮豔亮麗，女生怎麼可以打扮，真是糟糕的女孩子呀。你說是不是，箭毒蛙？」箭毒蛙連忙搖搖頭：「才沒有，才沒有，爺爺奶奶有說過，男生女生都一樣，每天都能穿得漂漂亮亮。」箭毒蛙和五十個哥哥，都穿著桃紅色上衣、藍紫色長襪，像是軟膨膨的棉花糖，夢幻又可愛。

校長繼續說：「小蜘蛛塗眼影、畫口紅，女生怎麼可以化妝，真是糟糕的女孩子呀。你說是不是，綠繡眼？」綠繡眼趕緊揮揮小翅膀：「才沒有，才沒有，爸爸媽媽有說過，男生女生都一樣，天天都化妝，臉蛋才好看。」綠繡眼和三個弟弟，全部畫上黑眼線、白眼影、打上蜜綠色粉底，小小臉蛋嬌俏可愛，男孩女孩一樣迷人。

校長又再問：「小蜘蛛一直在做手工藝，女生怎麼可以這麼靈巧，真是糟糕的女孩子呀。你說是不是，小河狸？」小河狸立即扭扭胖身體：「才沒有，才沒有，叔叔阿姨有說過，男生女生都一樣，要會砍樹，要會搬石，要會編雜草，要會捏泥巴，才能把水壩蓋起來。」小河狸的四個弟弟、四個妹妹，全部點點腦袋瓜，他們都是小小建築師，咬樹枝、疊石頭，蓋起水壩又快又好。

耶？其他小朋友，越來越疑惑。「女生可以化妝嗎？」小鸚鵡嘰嘰啾啾說可以，小錦雞咕咕啼啼說不行。「女生可以打扮漂亮嗎？」七星蝽擺動觸鬚說可以，鍬形蟲搖晃大顎說不行。「女生可以手腳靈巧、愛做手工藝嗎？」小灰狼舉起毛毛手說他家媽媽最會挖洞，小狐狸甩甩大尾巴說他家媽媽從來不築巢。大家吵來吵去、推來推去，誰也不讓誰，誰也不相信誰，快樂小學像是一鍋沸騰的開水，小朋友變成一顆顆沸騰的泡泡，互相推擠、互相推撞，每個人爭著講出自己的看法，講話的聲量放到最大——迸！迸！迸！迸！沸騰的泡泡，一顆顆破掉；小朋友也是，吵到嗓門快啞掉，腦袋也就氣到快裂開！你說的怎麼和我不一樣！你們家怎麼跟我不一樣！為什麼每個人都跟我不一樣！

「哎呀，小朋友。」校長清清喉嚨，「誰可以告訴我，爸爸和媽媽，由誰照顧小嬰兒？」有人說爸爸，有人說媽媽，有人說爸爸媽媽輪流照顧。小海馬說當然是爸爸，爸爸的肚子才有育兒袋，保護寶貝最安全；小袋鼠說應該是媽媽，媽媽的肚子才有育兒袋，呵護寶貝好溫暖。

「哎呀，小朋友。」校長咳咳幾聲，「誰可以告訴我，女生和男生，由誰準備一天三餐？」有人說女生，有人說男生，有人說女生男生都可以，看誰煮菜最好吃。小螳螂說當然是女生，女生動作最敏捷，切菜切肉好快速；小蠍蛉說當然是男生，男生手腳最靈敏，知道哪裡有食物。

「哎呀，小朋友。」校長嘖嘖舌頭，「誰可以告訴我，哥哥和姊姊，誰的力氣比較大？」有人說哥哥，有人說姊姊，有人說哥哥或姊姊都不一定，看誰個子長得高，誰的力氣就最大。小黑熊說當然是哥哥，長得和樹一樣高，手掌比楓葉更大；小魷魚說當然是姊姊，長得和海溝一樣長，腕足比珊瑚更粗。

「所以啦，各位小朋友，」校長呵呵笑，透過廣播嗡嗡響，盪起陣陣回音，「女生可以力氣大，就像大象媽媽，男生可以身材壯，就像老虎爸爸。男生可以跑得快，就像蹬羚叔叔，女生也能跳得高，就像樹蛙阿姨。女生可以出去外面蓋房子，就像喜鵲姊姊，男生可以留在家裡帶孩子，就像水雉哥哥。女生可以外出找食物，像是小蜜蜂，男生可以在家做飯吃，像是小倉鼠。男生可以很溫柔，像是小海星，女生可以很細心，像是小蝸牛。還有呀，男生可以……」

「校長！校長！」小朋友好聰明，懂得舉一反三，知道校長想說啥：「男生可以做很多事，女生也可以做很多事！女生可以做的事，男生也能夠做到！對不對！」小公雞看著小彩鸛，對呀對呀，原來女生也可以如此美麗，橘紅色臉蛋，蛋白色眼影，一雙黑眼珠像是兩顆紫葡萄，又渾圓又光亮。小山魈看著小丑魚，是呀是呀，原來女生也可以如此鮮豔，橘色白條紋，纖細黑絲線，又可愛又活潑。小獅子看著小紅雀，沒錯沒錯，原來女生也可以如此強壯，叼樹枝、圍樹皮、鋪樹葉，蓋好一個大鳥巢，完全不用男生幫忙。

「校長，校長。」有個小朋友，還是有疑問，「男生女生都一樣，可以很漂亮，可以很鮮豔，可以很強壯，可以很靈巧。所以，小蜘蛛想要變得漂亮、穿得鮮豔、手腳靈巧、長得高高壯壯，也可以嗎？」

「當然可以呀。」校長溫柔的聲音，像是柔軟的海浪，緩緩流出廣播音箱。「小蜘蛛，你天生如此，你也喜歡如此，所以，你當然可以漂亮、鮮

豔、靈巧、強壯，而且永遠很快樂喔。」

哇——小朋友好驚喜！原來是小蜘蛛！其實躲在落葉堆，現在悄悄探出身，一直偷聽大家說話呢！小蜘蛛站在褐黃色的枯葉裡，黑黃條紋更加亮眼，精緻臉蛋更加迷人；午後的陽光，暖暖照著小蜘蛛，修長手腳拿著剛編好的白蕾絲，也被陽光照得光芒璀璨，像是點點流星。

「小蜘蛛，對不起，你穿這件衣服真好看。」鬼頭刀噘著嘴，一臉不好意思，向小蜘蛛道歉。「小蜘蛛，對不起，你的藍睫毛，又特別又美麗。」小山羊踢踢腳，有點坐立難安，跟小蜘蛛說抱歉。「小蜘蛛，對不起，你的手藝真靈巧，其實我好羨慕你。」小鳳蝶搓搓手，又愧疚又真心，對著小蜘蛛點點頭。

小蜘蛛搖搖手，說著沒關係、不要緊、謝謝你，告訴所有好朋友，別難過、別自責、別懊惱，原來我們都一樣，都可以勇敢做自己，也能夠快樂交朋友。「嘿，小鴛鴦，你的羽毛真漂亮，教教我們，怎麼整理吧？」小蜘蛛一說，其他小動物也跟著嚷嚷，大家都想變漂亮。「嘿，小松鼠，你的手腳真有力，教教我們，怎麼去爬樹？」小蜘蛛一說，其他小夥伴也跟著呱呱哇哇，大家都想變強壯。「嘿，小河狸，你的水壩真漂亮，教教我們，怎麼蓋房子？」小蜘蛛一說，男生女生也跟著舉手蹦跳，大家都想親手嘗試、親身體驗，就像老師說的，只要每天多學一點新東西，就能變成更加成熟的大人。

快樂小學，又是熱熱鬧鬧的一天，小朋友成群結伴，一同遊戲、一同學習、一同分享新發現。原來，世界這麼大，許多美麗的事物、神奇的現象、精彩的景色，都等著小朋友，慢慢去探索，漸漸去瞭解。就像今天，小蜘蛛才知道，原來自己這麼棒，原來自己能做這麼多的事；爸爸媽媽還沒教過他，但是沒關係，今天一放學，他便要回家告訴他們，這個最快樂的新發現！

本文榮獲二〇一九年第九屆台南文學獎兒童文學類佳作

編委的話

● **黃晨瑄**

漂亮本不該分性別，但是世俗的眼光卻帶給人們既定的刻板印象，作者藉由動物各自的習性和特色，帶領我們跳脫性別刻板的窠臼，勇敢的做自己，我覺得這個故事太有意義了。

● **葉力齊**

作者明顯是在強調男女平等的議題，但特別的是故意用昆蟲來舉例，因為昆蟲幾乎都是男性樣貌較鮮豔，才可以找到對象。讓大家用另一種角度來思考男女平等的議題。

● **謝沛芸**

這個世界上如果沒有性別之分，那對漂亮的定義會不會有所不同？會不會公平一點？這個故事讓我對漂亮的見解有了更不同的想法，是個值得令人深思的故事。

海底美食街

／王美慧

◎ 插畫／陳和凱

作者簡介

寫作二十六年，童書、縣籍作家作品集，已出版二十九本書。

童話觀

童話世界充滿歡樂，願每個來到童話世界的小朋友，都能有甜滋滋的笑容。

1. 外婆家的小漁村

放暑假，讀國小二年級的阿宏到外婆家小住，外婆家是個小漁村，外公出海捕魚時，外婆就在海邊挖在地人稱「國聖蛤」的「赤嘴仔」。

阿宏跟著外婆來到海邊時，常把早餐店的塑膠袋和餐盒隨手亂丟，風一吹，垃圾全飛進海裡。

「阿宏，不要亂丟垃圾！」

外婆告誡時，阿宏總說「好啦、好啦」，但他沒一次聽進去。

這天，外婆要到海邊挖赤嘴仔，叮嚀他在家不要跟來，但阿宏一個人在家好無聊，偷偷的跟了過來。

外公和外婆都是浮潛高手，媽媽也是，媽媽常說他一定也有遺傳到家族潛水的好本領，剛上游泳課時，一下水馬上就向前游了出去，讓教練嘖嘖稱奇。

「阿宏，只有你一個人時，不能靠近海邊！」

將外婆的話當成耳邊風，阿宏跑到另一頭游泳，不過癮，他開始學外婆浮潛，他年紀雖小，但一樣可以成為浮潛高手。

得意忘形的阿宏，只顧著「自我挑戰」，潛水的時間越來越長，沒注意到自己離岸邊越來越遠，最後一次潛入海裡，憋氣時間遠超過極限，頓時他覺得頭昏，四肢無力，浮不上來，沉甸甸的身體隨著水流往內海去，一直沉、一直沉，最後失去意識。

2. 海底美食街

不知過了多久，耳邊傳來陣陣的喧擾聲，阿宏被「吵醒」後，赫然發現自己竟在海底，身體外圍還罩著一層透明的防護罩，他不用換氣，也能在水中來去自如。

換氣？他想想，自己剛才好像是在浮潛，然後……

阿宏還在回想之際，一隻燙著捲髮的海馬阿姨熱情的拉著他，「人類的小朋友你好，歡迎光臨海底美食街，我是美食街的志工，專門接待外來的『觀光客』。」

「觀光客？」是指他嗎？

「沒錯，我們海底美食街包容多元文化，就算人類前來，我們也一樣會敞開雙臂歡迎。你不用擔心，從現在開始到你離開，我是你的專屬嚮導，會幫你解說這裡的一切。」

海馬不由分說的拉著阿宏往前游走，首先映入眼簾的就是一座鐵拱門，門上鑲有「海底美食街」幾個大字，字上還裝有霓虹燈閃爍著。

「好炫喔，海底居然也有霓虹燈！」阿宏對眼前的事物感到新奇，一時忘了「回想」自己怎麼會來到這裡。

「陸上有的小吃，這裡應有盡有。」海馬自豪的說著。

「真的嗎？」阿宏懷疑的問，眼睛倏地一亮，訝異的指著第一攤的招牌，「是魷魚羹耶！」

「想不想吃？」

阿宏用力點頭，海馬從口袋裡掏出三枚印有海馬圖樣的銀圓幣給他。

「這裡不管哪一種小吃，一碗、一盤都是一個圓幣，我最多只能給你三枚，花光了，你就要自己想辦法。」

「喔。」阿宏拿了圓幣，才不管那麼多，興沖沖的來到第一攤，向花蟹老闆點了一碗魷魚羹吃。

找位子坐下，才吃了第一口，阿宏就皺起眉頭，「味道怎麼不太一樣？」

他拿著衛生筷在碗裡翻動，「這碗魷魚羹裡面怎麼沒有魷魚呀？」

阿宏一說，海馬嚇得臉色發白，連忙示意他小聲點，尤其旁邊那桌的客人，是一隻身上有刺青的魷魚。

海馬坐近他身邊，小聲的跟他說明後，阿宏才明瞭，原來海底美食街不賣海鮮，只要有海鮮的部分，全部改成素食豆包。

也是啦，吃海鮮不就是在吃他們的同類嗎？

為免阿宏再出包，不小心惹怒海底「居民」，海馬索性一次把美食街的由來全告訴他。

「你是說，你們會不定期派人……，呃，派各種海洋生物變身成人形，到陸上去考察人類的小吃攤和各種美食？」阿宏驚訝的瞪大眼。

「我們這裡是美食街，當然就是去考察美食，其他像是海底遊樂園，就會去考察人類的遊樂園。」海馬自信的說：「這是祕密，但是我們也不怕你們人類知道，因為你們絕對找不出我們派去考察的人員是誰。」

阿宏愣愣的點頭，既然是刻意變身，當然就會隱藏得讓人猜不出來！再說，人類的攤子在陸地，海底美食街在海底，不會拉走人類的客人，應該是沒關係吧！至少他覺得沒怎麼樣，反而覺得能在海底逛美食街，是一件很新奇的事！

吃完了魷魚羹，阿宏迫不及待往下一攤走。

*

阿宏還的第二攤，是變成素食的天婦羅，口感差不多，不過阿宏看到一個現象很好奇。

「海馬阿姨，為什麼他們都把塑膠袋往上頭丟？」他明明看到美食街裡有大型的垃圾桶，還有一隻章魚專門在撿垃圾，可是大家都邊吃邊走邊丟。

「他們呀，亂丟垃圾，怎麼勸導都沒用！」海馬頗傷腦筋。

「亂丟垃圾？可是我看他們丟出的垃圾，一直往上去，沒掉下來。」

「是啊，因為垃圾都丟到陸地上去了！」海馬嘆了一口氣，「我們的考察員，不只考察人類的料理，還把人類

的生活習性詳細說明。

很多魚兒聽說人類會把垃圾丟進海裡，他們也要比照辦理，把海裡的垃圾丟到陸地上。」

阿宏聽了，臉漲紅，尷尬不已。

「不只這樣，連收集垃圾的章魚也會偷倒垃圾。」

海馬說，海底有個固定的垃圾場，因為要

收費，章魚有時會趁四下無「魚」之際，把垃圾偷倒到陸地上，這樣一來，他就可以把倒垃圾的費用放進自己的口袋。

他們志工團的人勸過也當場抓過，但章魚總會趁他們沒看見時，又偷倒垃圾，真是講不聽！

「這樣，不太好吧！」阿宏突然意識到如果陸地變成垃圾場，那以後他們要怎麼居住？

「四神湯，好喝的四神湯，快點來買！」賣四神湯的花枝小姐，一邊補妝，一邊叫賣。

阿宏想起外婆最愛喝四神湯，他想買一碗「海底四神湯」回去給外婆喝，一轉頭就忘了剛才擔憂的事。

「外帶」了一碗四神湯後，阿宏的圓幣也花光了！

「有豬肉餡餅耶！」

「可是你沒圓幣了，不能買。」看到阿宏露出想吃的眼神，海馬心軟的說：「好吧，我可以介紹你去當洗碗工賺圓幣。」

「洗碗？」

3. 洗碗打工

阿宏微皺眉，他在家沒洗過碗，不過這條海底美食街長得不見盡頭，他才吃兩樣，還沒吃飽，也沒吃過癮，如果洗碗能賺圓幣買小吃，那他就委屈一下囉！

「妳沒看到我用的是免洗碗筷，哪來的碗洗？」賣酒釀湯圓的白帶魚，回絕了海馬的請託。

連續走了好幾家，都是同樣的理由，阿宏想起從第一攤到第二十攤，只要需要用碗裝盛的，似乎都是使用免洗碗。

「每次考察員回來都會帶回人類的新訊息，自從知道人類不使用傳統碗筷改用免洗碗後，現在海底美食街幾乎每一攤都是用免洗碗。」海馬無奈的攤開手。

「那怎麼辦？」沒碗可洗，就沒圓幣可賺，沒圓幣就不能買小吃。看到一整排綿延不絕的小吃攤，阿宏的口水都快流下來。

「有了，我記得鯨魚賣的豬血湯，還是用傳統碗筷。」海馬拉著阿宏，咻的來到鯨魚的攤子前。

經海馬說明後，鯨魚大哥呵呵笑著：「噢，是小屁孩耶！」

阿宏驚訝的瞪大眼，海馬偷偷告訴他，鯨魚曾經「變身」到陸地上去考察，學了一些人類的流行語。

「原來！」難怪鯨魚大哥知道「小屁孩」，不過他好像誤解，一般人說

「小屁孩」是略帶不屑的，不是親切的問候。

但阿宏沒時間解釋，鯨魚的豬血湯攤，生意很好，洗碗槽的碗堆積如山，阿宏接下洗碗工作，海馬主動幫忙，不一會便洗完。

鯨魚感謝之餘，先請阿宏喝一碗豬血湯，再給他三枚印有鯨魚圖樣的圓幣當報酬。

「咦，銀幣上怎麼變鯨魚圖案了？」阿宏一臉疑惑。

海馬和鯨魚尷尬一笑，經她說明，阿宏才知，原來海底族群眾多，誰也不服誰，大家都想成為圓幣上代表圖案，經過幾次協商破裂，便決定自己的圓幣自己印，導致圓幣至今仍沒有「統一」。不過幣值都是一比一。

「如果我能蒐集到每種不同的海底圓幣圖案，那就太酷了！」

鯨魚大哥愣了下，「早說嘛，我這裡有好多種不同圖案的圓幣，你看喜歡哪個，我跟你換就是！」

阿宏保留了一枚鯨魚幣，在鯨魚的圓幣盒裡，挑了魷魚和花枝圖案的圓幣各一枚，外公常出海釣這兩種海鮮，他想帶回去給外公當紀念。

「早知道我就留一枚海馬幣，不要全部花掉。」阿宏懊惱的說。正猶豫要拿魷魚或花枝去換海馬幣時，一枚海馬幣出現在他眼前。

「阿宏，這個圓幣送給你。」

「海馬阿姨……。」

「噓，我們海底美食街有規定，志工只能送給『觀光客』三枚圓幣，不過阿姨覺得和你很投緣，偷偷送一枚給你。」

鯨魚用手捂著眼睛，直嚷著：「我沒有看到、沒有看到。」

「謝謝海馬阿姨，謝謝鯨魚大哥。」阿宏摸摸後腦勺，乾笑著：「不過，可以再介紹我洗碗的攤子嗎？我想再賺圓幣。」

「這個……，是可以，不過還要再找找。」

「去鐘螺小姐的羊肉湯攤吧，前天我已經說服她改用傳統碗筷。」鯨魚大哥得意的呵笑著。

「這樣呀，那我們快去。」

4. 垃圾土石流

海馬拉著阿宏正要離開，突然上頭轟轟作響，海馬和鯨魚面面相覷。

鯨魚焦急的說：「不妙了！我們擔心的事，可能發生了！」

阿宏一臉茫然，突然看見上頭有東西掉下來，一堆、兩堆、三堆……，像炸彈一樣，轟炸下來！

「……據報，海底美食街上方的陸地垃圾場，正在嚴重崩坍中，各位趕緊離開海底美食街，免得被垃圾土石流給淹沒！」

海底美食街的街長透過廣播器，要大家趕緊撤離，頓時間，尖叫聲四起，大夥像逃命似的東奔西竄。

「阿宏，快走！」海馬拉著阿宏要游離，卻被逃命的群眾給撞開。見阿宏被蜂擁的魚群給推擠跌到一旁，鯨魚忙不迭說：「阿宏，快到我背上來，我背你游出去！」

「噢，好！」阿宏努力的躲開竄逃的蝦兵蟹將，順利跳上鯨魚的背，坐穩後，下意識回頭喊：「海馬阿姨，快上來……，咦，海馬阿姨呢？海馬阿姨怎麼不見了？」

「她也許游出去了，我們得快點離開，否則會有危險！」

一大群小卷游過後，一直朝後看的阿宏，終於發現了海馬的蹤影。

「海馬阿姨跌坐在後頭，她好像被撞傷了！」

「在哪裡？」已經往外游的鯨魚大哥停了一下。

「在後面那裡！」阿宏指著後頭，逛美食街的群眾差不多都逃走了，只剩海馬阿姨孤伶伶杵在原地。

就在鯨魚掉頭時，上頭又轟的一聲，頃刻間，一大堆垃圾黑壓壓的刷了下來，阿宏驚叫著：「海馬阿姨，快跑！」

海馬抬頭一看，驚叫了聲，來不及逃走，瞬間被垃圾給淹沒。

「海馬阿姨！」

「阿宏，你下來，趕快游走，我去救海馬阿姨。」

「不，我也要去，多一個人多一分力量！」這是外婆常跟他說的話。

「可是這裡很危險，上頭的垃圾很可能隨時會再崩坍，把我們都淹沒！」鯨魚大哥勸誡著，「你還是先走！」

見垃圾又滑下一小堆，阿宏很害怕，但他更擔心海馬阿姨，他來到海底美食街，是海馬阿姨帶著他，親切的為他解說和導覽，還偷送他一枚海馬圓幣，現在海馬阿姨有性命危險，他怎能棄她不顧！

「鯨魚大哥，我們快點去救海馬阿姨，再晚就來不及了！」阿宏直接跳下鯨魚的背，先一步往前游去。

阿宏游到海馬被淹沒的地方，立刻徒手將垃圾挖開，鯨魚也來幫忙，不一會，總算看到奄奄一息的海馬。

「海馬阿姨，妳別怕，我們來救妳了！」

「阿宏，謝謝你……。」

阿宏協助海馬趴到鯨魚的背上，他正想跳上去時，上頭又轟轟作響，鯨魚本能的游開，見到一堆垃圾如土石流般滑下，阿宏嚇愣杵在原地，失去意識前的最後記憶，就是看到一堆垃圾將他淹沒，還有海馬阿姨和鯨魚大哥的驚喊聲。

5. 海底考察團

「阿宏，快起來，你不是要去參加『認識海洋生態』的環保講座！」

被外婆搖醒，見時間快來不及，阿宏梳洗後，馬上換衣服出門。

「阿宏，等一等，把早餐帶去吃。」

接過外婆手中的飯糰，阿宏和外婆步行到附近的國小。

今天，有環保團體在國小舉辦講座，知道這個消息，他馬上跟外婆說他要參加。外婆以為他被禁足到海邊太無聊，才會想參加，其實根本不是這樣的。

一個星期前，他偷偷到海邊浮潛，不小心漂到內海，外婆說，她和附近的漁民找了一個上午都找不到，直到下午，有一艘漁船把他載回來，說是在捕魚時，看到一隻鯨魚背上有小孩，他們「救」過小孩，火速的返回。

阿宏想，一定是鯨魚大哥載他回來的。他的海底美食街奇遇是真的，因為那幾枚印有海馬、鯨魚的銀圓幣，就放在他的口袋。

「今天好多外地人來。」外婆邊找位子邊說。

阿宏看了後頭的人一眼，眼睛陡地一亮，雖然後面坐的都是「人」，但他卻強烈感覺他們是「變身」的，尤其那個金色捲髮的女子，感覺好像海馬阿姨，而旁邊高大魁梧的壯男，一舉一動，活脫脫像是鯨魚大哥，還有其他幾個也都是。

他們對他露出親切的微笑，更令他覺得自己的臆測是真的。

他想，海馬阿姨他們一定是特地組了海底考察團，到陸地來聽環保講座的。

他想起身和他們「相認」，壯男突然伸出一隻手，遮住眼睛，這讓他聯想到海馬阿姨多送他一枚圓幣時，鯨魚大哥鯨魚用手捂著眼睛，直嚷著：「我沒有看到、沒有看到。」

阿宏懂鯨魚大哥的意思，他也用手捂住自己的眼睛，假裝自己「沒有看到」。

張開五指，從指縫看出去，他看到的都是「人」，真的，他發誓！

本文榮獲二〇一九年第八屆台中文學獎童話類佳作

編委的話

● **黃晨瑄**

海底美食街裡的生活型態，其實是人類社會的縮影，作者使用這種反諷的手法來提醒人類要注意環保，我覺得這個點子很有意思。

● **葉力齊**

阿宏在海底美食街遇到的新奇事物，就好像是在反諷地上世界，像是把塑膠袋丟到地上，或是不使用環保餐具，都是在提醒現代社會的人類，要做好環保分類。

● **謝沛芸**

〈海底美食街〉反映出人類汙染海洋的行為，現在環保意識逐漸抬頭，大家都很關注這方面的議題，只要從自己開始做起，小小的舉手之勞，可以讓我們的地球變得美好。

噩夢收購站

／鋮九九

◎ 插畫／陳和凱

作者簡介

沒有受過任何專業的寫作訓練，開始動筆後，發現書寫童話表面看起來簡單，但實際卻是門技術活。

連絡 Mail：flower99hana@gmail.com

童話觀

悲傷的事可以在童話中得到化解，治癒心中的傷口。

快樂的事透過奇幻的濾鏡後是比夢還精采。

一張傳單被風吹上了大街，紙上印著幾個字：

噩夢收購站——歡迎販售您的噩夢

地址：無暗巷底

星期六早晨，可莉滿身大汗，喘著氣驚醒。她又做噩夢了。夢裡的她和爸媽不停的奔跑，他們被一頭「錢怪」追著。逃難中媽媽不忘責怪爸爸，因為錢怪是爸爸不小心引來的。

錢怪身上黏滿硬幣，額上貼著鈔票，利齒尖如刀，想把他們全家人嚼碎。最後，爸媽都不見了，只留她一人在黑暗中哭泣。

這個噩夢已經出現第三次了。可莉嘆氣，拿起昨天撿到的傳單，這世上真的有可以賣噩夢的地方嗎？

「無暗巷……這個地址好奇怪。」拿出手機，可莉將地址輸入導航程式，上頭顯示出標記紅點，表示這是實際存在的地址。

爸媽都不在家，可莉獨自出門，咬著三明治來到導航指示的地方。她看見一塊路牌立在不遠處，上頭寫著「無暗巷」三個字。

奇怪，此巷雖名為「無暗」，但看起來卻暗陰陰的。

深呼吸走進去，她發現身邊的景物開始幻化變形，左右牆面變成高大的樹木，各式蟲鳴鳥叫忽遠忽近，空氣潮溼得讓人呼吸沉沉，好像步入熱帶雨林。

走到底，有頭胖貘正呼呼大睡，他還頂著一頭爆炸捲毛，看起來有點呆呆萌萌的。

可莉曾在書上看過，貘會吃噩夢，看來他就是這裡的主人囉？

胖貘動動耳朵，察覺到可莉的來訪，懶懶撐起身體說：「……您好，我

100
100

是貘大仙，請問有什麼事嗎？」

「我是來賣噩夢的。」

貘大仙瞇眼一睜，問：「妳還記得噩夢的內容嗎？」從爆炸頭裡掏出一支蠟燭。

可莉點點頭。

「很好。」貘大仙將蠟燭點燃，再從爆炸頭裡取出一片黑亮的葉子。

黑葉的尖端冒著裊裊細煙，

貘大仙說這是一支筆，要可莉用它將夢境寫下來。

可莉試著畫動黑葉筆，直接在空氣中寫起噩夢的內容，只見煙跡飛繞成字，最後竟化為實體，如落葉般飄下。

飄落的噩夢被貘大仙拾起，它們邊角抖動，害怕得發出嗚嗚哭聲。貘大仙將它們串在樹枝上，放在燭火上烘烤，待冒出熱氣後，便一口吞入嘴裡。

「太好吃了！」飽食後，貘大仙打嗝道：「妳等等順著原路回去，我就不送了。」

「噢，對了。」貘大仙將一枚丸子放在可莉掌中，「這是妳賣噩夢所得，吃下去就可以擁有一個甜甜的夢唷！」

在散發著粉紅色泡泡的夢境中，可莉變成一名五歲小孩，和爸媽手牽著手，在樂園裡玩轉轉杯、吃爆米花，他們盡情玩樂，怎樣也不累。

只可惜，再美的夢，也有停止的時候。將可莉叫醒的是廚房裡的鍋碗撞擊聲。

可莉揉揉眼，對廚房裡的高大身影叫了聲：「爸！」

「快點來嚐嚐，爸爸弄了好東西喔。」爸爸將一份剛做好的潤餅遞給可莉。

「爸，你這幾天『離家出走』是去哪裡啊？」可莉加重語氣，表達她的不滿。

爸爸只要和媽媽吵架就會離家出走，而且每次都不接電話，也不傳訊息。

「老爸是出門學習做潤餅，才不是離家出走……」爸爸不好意思的說，沒想到女兒已經大到會管自己了。

爸爸夢想開間小吃店做生意，但媽媽總是反對，這也是他們吵架不斷的原因。

可莉哼了聲，大口咬下潤餅，滿足的閉眼，爸爸的廚藝果然無人能敵。

鐵門「咔」一聲打開，媽媽加班回來，爸爸馬上笑臉迎過去，幫忙把包包拿過，外套掛好，討好的送上潤餅。

媽媽看爸爸回家，嘴上雖不說高興，但卻笑著吃起潤餅，稱讚好吃。

「老婆，聽說路口有間店面要出租，所以我想……」

媽媽馬上接了聲：「不行。」話被打斷的爸爸瞬間氣得火山爆發，兩人再度吵起架來。

可莉摀著耳朵逃回房間。當晚，她做了那個全家被錢怪追著跑的噩夢。

次日，她再度來到噩夢收購站。貘大仙奉上黑葉筆，期待可莉再寫些好吃的噩夢出來。

但他看見可莉寫出的內容時，卻搖頭說道：「這個夢和上次的是重複的……我這裡不收購相同的夢。」

看來換不到能讓她暫時逃避現實的甜夢丸了。

可莉擺出苦瓜臉抱怨，「我會常做這個噩夢，一定是因為爸媽最近整天吵架的關係。」

「如果噩夢來自現實，那只有面對現實，才能終止噩夢喔。」貘大仙遞給可莉一片軟葉子，讓她抹眼淚。

貘大仙的話像在可莉心裡注入些什麼，她握握拳，決定了一件事。離開前可莉對貘大仙說：「你真好，願意告訴我這個道理。」

貘大仙故意壞笑道：「我只是希望妳遠離這個噩夢後，能帶一個新的噩夢來給我填肚子，嘻嘻嘻……」

可莉急跑回家，還好爸爸這次沒有離家出走，而是在浴室裡修理馬桶。她蹲在爸爸身邊，問：「老爸，你真的很想開潤餅店喔？」

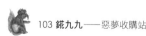

「對啊，可是妳媽覺得開店要花錢，如果失敗我們全家就完蛋了。」爸爸無奈嘆氣，「其實我有存一筆錢，也想好了計畫，但每次要講時，都被妳媽

直接打斷。」

可莉想自己可以化為一道橋樑，擔任爸爸和媽媽之間溝通的介質。

在她的撒嬌下，媽媽總算願意聽爸爸把創業計畫說完。嘿，他們這次沒有彼此擺臭臉，也沒吵架，事情進行得比可莉想像中還順利唷！

最後爸爸雙手半舉起，像投降的小兵一樣說：「如果老婆大人還是不同意，那我可以放棄。」

媽媽思考了許久，向爸爸道：「如果你已經做好準備，那無論結果如何，我都會陪著你。」

爸爸樂得抱起媽媽打轉，可莉的噩夢結束了。

她想起那個粉紅色甜夢，向爸爸說：「爸，你以後要離家出走，可以帶著我和媽一起嗎？我們好久沒一起出門玩了耶！」

媽媽輕捏爸爸的臉頰，「對啊，早點說哪幾號要離家出走，我也好請假嘛！」

爸爸把妻女用雙臂環住，「妳們別笑我了，好，下次我們全家一起『離家出走』！」

可莉想向貘大仙道謝，但她再也找不到無暗巷，導航程式上也顯示：沒有這個地址。

她搔搔頭，「好奇怪喔。」同時間卻有名哭泣的男孩，走進那條神祕的巷子。

你有噩夢要賣嗎？

噩夢收購站——歡迎販售您的噩夢

——原載二〇一九年十月《未來兒童》第六十七期

編委的話

● **黃晨瑄**

我想每一個人一定都希望自己有一個專屬的貘大仙，可以幫自己吃掉那些會讓人心驚膽顫的噩夢，然而現實生活中並沒有貘大仙，唯有坦然的面對問題並解決它，噩夢才不會永無止盡的糾纏你。

● **葉力齊**

當你遇到問題時，不能像一開始的可莉一樣，把在自己的小腦袋裡的「噩夢」賣掉，而是要釜底抽薪——從根本解決問題，勇敢的解決問題，才是最好的解決方法喔！

● **謝沛芸**

小女孩因害怕噩夢，把自己的噩夢賣給了貘大仙，雖然女孩吃了甜甜的夢，但還是沒辦法克服對爸媽吵架的恐懼，我覺得遇到困難，害怕逃避是解決不了的，應該要勇敢的面對它才能真正的克服它。

小朋友怕什麼鬼

／黃文輝

◎ 插畫／吳嘉鴻

作者簡介

出生於台灣高雄。台灣大學機械工程研究所碩士。已出版《鴨子敲門》、《候鳥的鐘聲》等著作逾二十冊，作品曾獲二〇〇五與二〇一二年度最佳少年兒童讀物獎。定居花蓮，從事寫作與教學。

童話觀

不因讀者是兒童而創作簡單、刻板的作品。認為故事比意義或教育性重要。好故事可以讓兒童享受閱讀、開拓視野、產生同理心。

蟑螂幼兒園的學生，來遊樂園的鬼屋玩。他們沒有尖叫，也不覺得害怕，離開時抱怨鬼屋一點也不好玩。

經營鬼屋的大牛老闆嘆一口氣，想著鬼屋可能要關起來了。

鬼屋裡的鬼都是真正的鬼，他們是愛哭鬼、調皮鬼、髒髒鬼、膽小鬼、貪吃鬼、糊塗鬼……

大牛跟他們說：

「現在的小朋友膽子很大，不怕你們這種普通鬼。」

愛哭鬼抗議說：

「我哭的樣子不可怕嗎？」

大牛的兒子小牛搖著頭說：

「不可怕，看起來很好笑。」

大牛說：「萬聖節快要到了，如果大家還是不想來鬼屋玩，我只好關掉鬼屋，你們也就沒地方住了。」

調皮鬼建議大家叫得更大聲、鬼臉做得更誇張一點。

可是小朋友仍然不會怕。

髒髒鬼叫大家打扮得更髒、把自己弄得更醜、更臭一點。

結果還是嚇不到小朋友。

每個鬼都歪著頭，不知道該怎麼辦？

膽小鬼說：「小朋友不怕我們，我們就打扮成他們會害怕的鬼。你們覺得蟑螂幼兒園的學生，會怕哪一種鬼呢？」

每個鬼互相看了看，有了主意。

另一批蟑螂幼兒園的學生來鬼屋玩，他們走進鬼屋，聽到「咕咕咕」的聲音，接著各式各樣的公雞鬼，從各個角落跑出來追他們，嚇得蟑螂學生一面逃一面叫，覺得很有趣、很好玩。

老鼠幼兒園的學生來鬼屋玩，他們走進鬼屋，聽到「喵喵喵」的聲音，接著各式各樣的貓鬼，從各個角落跑出來追他們，嚇得老鼠學生一面逃一面叫，覺得很有趣、很好玩。

青蛙幼兒園的學生來鬼屋玩，也被各種蛇鬼追著跑。

每間動物幼兒園的學生，都誇遊樂園的鬼屋很可怕、很好玩，還想再來玩。

鬼屋裡的鬼怎麼也沒有想到，竟然還要特地假扮成不同的鬼，才嚇得到小朋友呀！

——原載二〇一九年十月《小行星》第四十三期

編委的話

●**黃晨瑄**

我覺得作者的點子很好，在這個故事當中充分的展現一物剋一物的精神，把食物鏈法則運用在故事的情節中，讓鬼屋變得有客製化的恐怖氣氛，真是厲害！

●**葉力齊**

蟑螂怕公雞、老鼠怕貓、青蛙怕蛇，世界萬物都有牠的天敵，處理事情也是，如果你在處理事情時有想到並用了最適合的辦法，那幾乎每一件事都可以迎刃而解、輕鬆解決！

●**謝沛芸**

處理問題要對症下藥，就像故事裡，蟑螂學生只怕公雞鬼、老鼠學生只怕貓鬼，而很凶很醜很髒的膽小鬼、調皮鬼他們卻一點也不怕，作者用不同小朋友怕不同的鬼，去描寫如何經營一間鬼屋，給人一種新鮮感。

回家

／劉碧玲

◎ 插畫／李月玲

作者簡介

台灣雲林縣人，實踐大學國貿系畢。

維持最久的工作是家庭主婦，維持最久的興趣是寫作。寫作是世界上最美好的一件事，在文字之間，找到自我反省和內心世界最大安定力量。

童話觀

讀了，笑了，那是童話，讀了，心頭暖暖，那也是童話，睡前想要聽的，還是童話。

土地公每天忙得不可開交，除了傾聽眾信徒的祈求，必要時出手幫信徒一把，還有一個最重要的任務，把住在天上的人送回凡間與家人團聚，聽家人對他們說話，享用家人為他們準備的食物。

住在天上的人，每年只有固定幾個日子，比如生日和逢年過節才能回家，而且必須搭土地公開的專車才能順利返回凡間的家。

中秋節，是可以回家的日子。這一天，每一個土地公都非常忙碌，一趟又一趟專車載大家回家。阿清被安排搭10點8分的專車。阿清生前是一個大近視，死後家人又忘記幫他準備一副近視眼鏡讓他帶到天上使用，他跟土地公申請的近視眼鏡，一直沒拿到，因為排在他前面的申請物件實在太多。

阿清把8看成3，於是他搭上10點3分的專車，他的下車地點是第325站，土地公急於開往下一站，沒仔細核對阿清的名字，只是催阿清快下車。

阿清下車就發現不對，這不是他家，以往開門讓他進去的是門神，今天卻是媽祖，阿清本以為老婆和孩子搬新家，土地公忘了通知他，沒多想也就進了家門。

阿清進門來到公媽桌，正準備坐進牌位，公媽桌也是新的，但比較像是神桌，還有，他找不到自己的牌位，媽祖坐在神桌對阿清微笑，比了比一旁的牌位要阿清快點入座。

供桌上的供品，一盒中秋月餅和幾樣水果，今天沒有他最愛吃的乾煎虱目魚肚，幸好有他喜歡吃的蘋果，但味道聞起來不太對，阿清靠近一點看，原來供桌上擺的不是蘋果是甜柿，甜柿是他最不喜歡吃的水果，中秋月餅聞起來的口味也不是他最愛吃的綠豆椪，阿清伸手拿起一個中秋月餅想嚐嚐看味道如何，怎樣也拿不起月餅，他一拿再拿，就是無法把月餅拿起來吃。

「難不成這個月餅是鐵做的，所以我才拿不起來？」

阿清喃喃自語，媽祖看阿清一直在拿月餅。

「你快回牌位坐好，你的家人要祭拜你了，月餅等等再吃。」

阿清放棄月餅，趕緊坐進他的牌位，只是今天牌位坐起來不怎麼舒服。

「你別亂動呀，快坐好，又不是第一次坐牌位，怎麼會坐立不安呢，這個牌位你都坐了二十幾年，你的家人點了香，香煙裊裊帶領之下，你自然拿得起供桌上任何供品，還有機會聽家人跟你說話。」

「媽祖，你記性不太好，這個牌位我才坐幾年而已，而且我們最近在天上天天都有上課，我隨身帶著傳話器，打開就能聽見家人對我說的話，還有，供桌上的任何東西，不需要香煙裊裊帶領才吃得到，有其他方法，我也學會了，我以為凡間正實施拜拜不拿香呢。」

「還沒全面實施啦，只要你的家人仍拿香拜拜，你就得照老方法，他們要拜了，坐好別亂動。」

八炷香，六個大人加上兩個小小孩，他家今年為什麼如此熱鬧？仔細看那兩個小小孩，兒子和女兒竟然越活越小，還是，他搭錯車進入時光隧道回到從前，不對，如果回到過去，他不該坐在牌位上，孩子這麼小的時候，他是在一家食品工廠上班，那年他升上組長。

八炷香轉向阿清的牌位拜拜，阿清因近視看不清，但他懷疑眼前這些人應該都不是他的家人，他急著站起來往前看清楚一點，媽祖把阿清拉坐下來。

「阿公，今天是中秋節，今年的中秋月餅是我買的，這家月餅很有名，很貴的，各種口味都有，希望阿公喜歡。」

阿清不必站起來看，光聽這人說話就知道，他們不是他的家人。三年前他過世，他的兒子十歲，女兒八歲，今年他哪可能當阿公。

此時阿清想起該看看牌位上的名字，果然，他搭錯車上錯牌位了，難怪坐得不舒服，因為這不是他的牌位，他叫林明清不是林日清。

「媽祖，我進門前你怎麼沒告訴我，這不是我的牌位。」

媽祖一臉無奈。

「我哪知道你不是林日清，我一時疏忽沒多問就讓你進門坐上牌位，我是今年才被他們請來安奉在神桌上，我也還沒見過林日清本人，我以為中秋節會站在家門口的，自然是這家人。」

「要不是媽祖幫我開門，我是進不來別人家，難怪我拿不起中秋月餅，沒有林日清的邀請，他家的供品我一口也吃不到。」

「這事大家都有錯，土地公在你下車之前應該要再一次核對身分，我在你進門前也要再問一次你的名字，但有一件事我不明白，專車上每個位置都坐人，你坐錯車，那麼原來該坐那的林日清又去哪？我得馬上和你們轄區的土地公視訊，失蹤人口很麻煩的。」

媽祖和正開專車送人返回凡間的土地公聯繫上，土地公說他沒空處理，拜託媽祖幫忙。

媽祖輸入林日清的名字，原來這幾年，逢年過節林日清都沒有回家。媽祖趕緊調出林日清的個人檔案

林日清，八十八歲因病過世，生前最想過的生活，遊山玩水，到處拜訪朋友，和朋友吃吃喝喝玩樂聊天。到了天上，逢年過節他從不回家，他利用這些日子到處遊玩。

地上發出清脆響聲，媽祖和阿清嚇一大跳，低頭看，原來林日清家人已經在跋杯，阿清有點不高興，事情還沒弄清楚，供桌上的供品他又吃不到，就急著趕他回去。

地上兩個筊杯背面全向上。

「阿公生氣了，媽，妳剛才跟阿公說什麼？」

「我問你阿公吃飽了沒有？今天是中秋節，我們等等要上山賞月，如果他吃飽，中秋月餅我們要收起來，甜柿是你阿公生前最喜歡吃的水果，今年甜柿又大又紅又甜，我特別挑選最貴的等級，我問他喜不歡我買的甜柿。」

「也許爸爸想多待一會兒，多看看他的孫子和曾孫，我們再等等。」阿清嘆口氣，甜柿紅又大，但他想吃的是老婆買給他的蘋果。

「你還是快點回自己的家，一直待在這兒，吃不到別人家供桌上食物，還會錯過今天和家人難得的團聚機會。」

「我也想回我的家，可是沒有土地公的專車，我哪也去不了。」阿清嘆口氣。

媽祖才要開口，林日清的孫子，第二次拿起筊杯。

「阿公，這次換我跋杯，請問阿公吃飽沒有？如果吃飽，我們要收拾桌上東西上山賞月，太晚怕會塞車，今年月餅要是不合你的口味，明年我不買這個牌子的月餅，我記得阿公最喜歡吃肉餅，姊說肉餅對身體不好，阿公有年紀，要吃清淡一點，可是阿公現在住在天上，天上有神醫，神醫哪種病醫不好，對不對？」

阿清忍不住大笑，地上傳來清脆的跋杯響聲，兩個筊杯正面向上，是笑杯。

阿清要遮住嘴巴不發出笑聲已來不及。

「怎麼辦，阿公一直沒給我們聖杯。爸，換你來問啦，我都不知道要跟阿公說什麼話了。」

媽祖趁機拉起阿清的手。

「你家的地址還記得吧，快給我，我送你回家，這家人的問題留給土地公親自來解決。」

阿清不假思索念出家裡地址，剛念完，他已經坐入寫著他名字的牌位。

「媽，妳覺得爸爸今年會喜歡我們特別為他做的綠豆椪嗎？上星期學校園遊會，同學稱讚媽媽做的綠豆椪很好吃，還以為我從外面買來的。」

「你爸爸喜歡吃綠豆椪，我應該早點學做這道點心，今年是我們第一次做綠豆椪給他吃，不知道合不合他的口味。」

「媽，不然我們來跋杯問爸爸。」

阿清拿一個綠豆椪放進嘴裡，老婆和孩子親手做的，吃起來就是不一樣，阿清吃了一個又一個，吃完綠豆椪再吃一顆蘋果，供桌上的乾煎虱目魚肚，他當然也沒放過。

地上響起清脆跋杯響聲，是聖杯，三次都是聖杯。

「媽，爸爸喜歡我們做的綠豆椪耶，全是聖杯。」

阿清的老婆擦擦眼角的淚水。

「也不知道三個聖杯是說很喜歡，還是說口味還可以，要是我能看到你爸

爸的笑容，我就會知道他是很喜歡，或是覺得還可以，你爸爸很誠實，他的笑騙不了人，說不定三個聖杯只是安慰我們，綠豆椪其實不好吃，他不想我們難過而已。」

不是這樣，才不是這樣，真的很好吃，今年的綠豆椪帶有老婆和孩子對他濃濃的思念味，還有他們一家人的美好回憶，全包在裡面。有些事他忘了，可是老婆做綠豆椪的時候，說給孩子聽，兩個孩子聽得津津有味，他吃進了他們一家人最美好的回憶。

阿清正愁怎樣表達才能讓家人知道他的心意，接他回天上的專車已等在門口。

「林明清，快上車，天黑前我必須把你們全部載回天上，留在凡間過夜有麻煩，錯過這班車，無法另外再派車來接你。」

阿清不想等到下一個節日回家才讓老婆知道他今天的心情，下次回家是除夕，中秋節到除夕，還有好幾個月。

「土地公，你先走，最後才來載我，我還有話要跟家人說。」

「路線和時間是天公伯設定好的，不能隨便更改，更改一定要得到天公伯的同意，快上車，不要耽誤大家回天上的時間。」

「今天我必須留在家裡過夜，土地公，拜託你將大家送回天上後，半夜再來幫我一個忙。」

「希望我來之前，你不要被孤魂野鬼欺負才好，就算你投訴到天公伯那兒也沒用，是你自願留下來過夜，怪不得孤魂野鬼對你不客氣。」

土地公的專車開走，阿清的兩個孩子收拾供桌上的供品，阿清趕緊拿兩顆蘋果和幾個綠豆椪放進口袋，阿清見到女兒雙手合掌，趕緊打開天公伯給他們的新配備傳話機。

「爸爸，我好想你，你在天上好不好？哥哥讀國中了，他和從前一樣，考

試第一名，我也和從前一樣，成績普通，不過我代表學校參加畫畫比賽得到第一名，媽媽說要把今年中秋節公司發的獎金給我繳學費，帶我去跟畫畫老師學畫畫，爸爸，你是不是和我一樣高興？」

阿清覺得自己太對不起女兒，如果他還住在家裡，女兒這麼喜歡畫畫，他早就送女兒跟畫畫老師學畫畫了。

阿清有點難過，掉了幾滴淚。

阿清的女兒手拿一塊布，把牌位擦乾淨。

「爸，對不起喔，可能是剛才給你拜拜的茶水，不小心沾溼你的牌位，我幫你擦乾淨。」

天黑了，中秋的月色果然和平常不一樣，天上又圓又大的黃柔的月光，帶給人安定和平靜，過節的氣氛總是讓人捨不得離開，享受和家人的團聚，感覺真好。

「這兒是你可以來的地方嗎？」

孤魂野鬼來了。

「對不起，我不是故意在這兒打擾大家，我等土地公忙完公事，半夜來幫我一個忙，我不希望家人誤會我。」

「家人，有家就了不起嗎？看不起我們這些沒家的，故意留這兒炫耀你有家。」

「不是，我真的有話要跟家人說，如果我在這打擾大家，我去別的地方等土地公。」

「你到哪，我們就跟到哪，今天是中秋節，你證明你有回家給我們看。」

阿清趕緊從口袋拿出綠豆椪和蘋果分給孤魂野鬼，他們搶著吃，一邊吃一邊哭。

「他真的有家，綠豆椪吃起來很甜，摸起來還溫溫的，他以前是一個好爸爸，送小孩上學讀書，帶他們出去玩，還會講床邊故事，嗚嗚嗚。」

「綠豆椪裡面包的全是他家美好的回憶，又不是我們的家，吃起來哪會甜，你哭什麼哭。」

「只要有家的味道，管他是誰的家，都是甜的。」

過了十二點，土地公來找阿清。

「我們也要去，他家的綠豆椪太好吃了。」孤魂野鬼全部跟土地公後面。土地公手上的拐杖往地上用力一敲，所有孤魂野鬼嚇得往後退好幾步。

「不要再跟著我，阿清回家只是要讓家人安心，告訴他的家人，今天他們親手做給他的綠豆椪他很喜歡，誰敢趁機偷溜進去別人家裡，我會跟天公伯報告，到時候連孤魂野鬼也做不成，下場是什麼，你們比我還清楚。」

阿清和土地公進了家門，沒多久，兩個人一起出來，阿清開心且誠懇跟孤魂野鬼說：

「今年除夕，我會在我家門口等大家，剛才我有跟我老婆說，以後逢年過節，我會帶朋友回家一起吃飯，讓她多準備一些好吃的，今年除夕大家和我一起回家吃團圓飯，你們也要答應我，安靜吃飯就好，不必現身感謝，會嚇到他們的。」

中秋節隔天是星期日，阿清的老婆和孩子吃早餐。

「媽，我昨天夢到爸爸，他說我們做的綠豆椪很好吃，他很喜歡。」

「媽，我和哥哥一樣，也有夢到爸爸，我還看到爸爸旁邊站一個白鬍子老公公，一直對我笑。」

阿清的老婆也開心的分享她昨晚的夢。

「我也有夢到他，爸爸特別跟我說，他在天上交了一些好朋友，今年除夕夜會帶他們回家吃年夜飯，我們快想想，今年要準備哪些菜請客，你們兩個一人準備一道，怎麼樣？」

「烤餅乾，家事課老師教我們烤餅乾，我記得爸爸喜歡吃奶油味比較濃的餅乾。」

「媽，我要煎五彩蛋，我和爸爸以前常常煎五彩蛋，我還記得爸爸教我的步驟。」

阿清的傳話機ㄅㄧㄅㄧ響不停，家人的聊天內容阿清在天上聽得一清二楚，好像他現在也坐在家裡，和家人一起吃早餐，愉快聊天一樣呢。

本文榮獲第九屆台南文學獎兒童文學類佳作

編委的話

● **黃晨瑄**

生離死別應該是人世間最痛苦且無奈的事，其實家人間的愛從不因死別有所減少。我喜歡作者用這種有溫度的故事手法，讓鬼神之說不致令人毛骨悚然，反而是一種愛的傳遞。

● **葉力齊**

阿清由於罹患近視，回家時搭錯車，來到不同的家庭。阿清從跑錯牌位，到最後圓滿的託夢給家人，文章都很有連續性，讓人不得不一直看下去，好像上癮了一樣。但我最喜歡的還是阿清分給孤魂野鬼綠豆椪的慈悲心。

● **謝沛芸**

我喜歡這篇故事溫馨的氣氛，因為主角看錯時間搭錯車，結果坐到了別人的牌位，讓我想起家裡祭拜祖先時也會跋杯問祖先吃飽了沒，希望祖先會喜歡我們幫他準備的供品，但最重要的是，一定不能搭錯車。

同理、包容的二〇一九年童話

林哲璋

【前言】

主編年度童話選是十分榮耀的事，但我推辭了很久——覺得自己資格不夠，且瑣事過多，我喜歡寫童話給人家評，實在不喜歡評人家。

今年硬著頭皮，來選二〇一九年童話。

為了南北平衡，決定來點下港人的氣、府城人的味。由於我住在台南與高雄之間，行政區高雄，生活圈台南，因此，特地邀請高雄的力齊，和台南的沛芸、晨瑄擔任小主編，如此一來，連我在內，兩男兩女，算是性別和區域都平衡了。

【過程】

大、小主編比例一比三，三位小主編一致同意的作品，穩穩進入下一階段！第一次會議〈出租時間的羊奶奶〉、〈奇林〉、〈極冷火鍋店〉、〈搶救玩具店〉、〈雷神打噴嚏〉三票全過。〈奇林〉、〈極冷火鍋店〉兄弟鬩牆，由〈奇林〉勝出。

第二次會議三票全過的有：〈滿月蚵仔煎〉、〈中午十二點的貓咪麵館〉、〈小仙貝開學日〉、〈保母凱西〉、〈和一條龍做鄰居〉、〈蜘蛛小姐的舞伴〉、〈小烏鴉喝水〉。相同作者的〈小仙貝開學日〉、〈保母凱西〉由〈小仙貝開學日〉勝出，〈和一條龍做鄰居〉、〈中午十二點的貓咪麵館〉則由〈和一條龍做鄰居〉勝出。

得到兩位以上評審青睞的，也取得決選討論資格。

前兩次會議後，預選八篇決賽參考篇目：〈小仙貝開學日〉、〈和一條龍做鄰居〉、〈小烏鴉喝水〉、〈貼紙人〉、〈出租時間的羊奶奶〉、〈奇林〉、〈肚子裡的雷神〉、〈刺蝟小姐的帽子〉。

第三次會議舉行最後一次初選，並進行決選及敗部復活賽，由於賴曉珍〈刺蝟小姐的帽子〉出現版權問題無法收錄，芝墨（陸利芳）〈中午十二點的貓咪麵館〉翻盤取代〈和一條龍做鄰居〉，又戲劇性的被第三次初選的〈和熊比腕力〉打敗……

最後，選出廿篇，出處為——

《小典藏》一篇、《未來兒童》一篇、《小行星》二篇、《國語日報週刊》二篇、「文學獎項」五篇、《國語日報》九篇。

流連在入選門口，候補的遺珠有：賴曉珍〈小鱷魚別開門〉（未來兒童）、林黎明〈老鼠大仙〉（國語日報）、岑澎維〈妖塔塔過中秋〉（國語日報）、顏志豪〈宋之月〉（國語日報）。

值得一提的是顏志豪的作品被同一位小主編不斷提出（有些文章並未署名），可見「閱讀口味」的偏好確實存在。

本年度作品，或許受新聞事件影響，出現多篇探討社會議題的作品，例如性別議題：〈保姆凱西〉（王宇清／初選）、〈漂亮的小蜘蛛〉；環保議題：〈海底美食街〉、〈搶救玩具店〉；少兒福利、長照、獨居老人議題：〈小馬大虎回澎湖〉、〈出租時間的羊奶奶〉、〈搶救便當大作戰〉；文化差異：〈妖怪惡龍的願望〉。

常見的親情、人際、修養、品格議題也有：〈小仙貝開學日〉、〈貼紙人〉、〈奇林〉、〈完美的一天〉、〈噩夢收購站〉、〈回家〉、〈郝禱梅〉、〈和熊比腕力〉；機智解決危機：〈小烏鴉喝水〉、〈小朋友怕什麼鬼？〉。

入選作品最大來源的《國語日報》，今年特色是「連載」作品比例不小。單篇作品在連載的夾縫之間求生，頗為辛苦。

連載作品質量均豐，卻不一定合乎童話文類的要求，有些是小說、故事，有些是相聲劇本，有些是知識性讀物，就算是長篇童話，若非單元性作品，也難選入，這是可惜的地方。

今年常見作者多篇作品出線，牧笛獎本土作者得獎比例也變多，是否本土童話作者更加努力了呢？

童話作品，似乎一直在「詩」與「小說」之間擺盪。

「詩」重字句修飾，「小說」重細節、人物刻畫；「詩」出神入化、天馬行空，「小說」具體寫實、以假亂真；「詩」虛而「小說」實，「詩」多義而「小說」專一。

童話是「可圈可點的胡說八道，入情入理的荒誕無稽」，「胡說八道、荒誕無稽」靠近「詩」，「可圈可點、入情入理」接近「小說」（童話小說化）。兩端拉扯，如何執其中庸，便是很有趣的觀察。

林世仁被提出討論的作品〈?的時間之旅〉（未來兒童），就是詩化童話代表，施養慧〈星空下的旋轉木馬〉也充滿詩意，王家珍〈小馬大虎回澎湖〉注意到煉句及重複的韻律；相對於〈和熊比腕力〉、〈出租時間的羊奶奶〉、〈搶救玩具店〉、〈搶救便當大作戰〉等雖然有著童話主角，氣質就靠近另一端了。

童話字數一長，難免偏向小說端；短篇童話雖然沒有字數優勢，也不妨在「詩」的一端汲取「藝術」的籌碼。如此左右逢源，才能將童話臻至上乘。

【同理與包容】

本次收錄作品用「反向思考、易地而處」為標準（林世仁《妖怪小學》亦揭櫫此一道家哲學），可以粗分為「早起的鳥兒有蟲吃」及「早起的蟲兒被鳥吃」兩大類。換句話說，採取立場轉換，或結局、反應另類的作品，有過半機會吸引本屆主編青睞。

屬於「早起的蟲兒被鳥吃」——翻轉觀點——的有：

〈小仙貝的開學日〉：一所似乎爸媽比小孩更想就讀的幼稚園。

〈妖怪惡龍的願望〉：西方的惡龍一點都不羨慕東方的神龍。

〈郝禱梅〉：危機是轉機、無入而不自得！牛頓被蘋果砸，也會喊「郝禱梅」！

〈和熊比腕力〉：一篇用語言文字（言教）來示範「身教重於言教」的童話。

〈蜘蛛小姐的舞伴〉：「精神食糧」（藝術）比實際的糧食更吸引人哪！

〈漂亮的小蜘蛛〉：愛漂亮、愛編織是男生的專利嗎？
〈海底美食街〉：海底生物都把垃圾丟上陸地，那會怎麼樣？
〈噩夢收購站〉：小朋友們，好好照顧大人（噩夢的源頭）吧！
〈小朋友怕什麼鬼？〉：連「鬼」想找個鬼屋的工作都不容易呀！
〈回家〉：傑出的童話作者能生死肉骨，讓鬼不可怕，死不可悲，反而超可愛。本篇是年度童話獎得獎作品，劉碧玲今年創作積極，也有文學獎項入袋。其作品不斷受到大小主編青睞：〈蚯蚓的願望〉、〈兔子時鐘〉、〈公雞出庭〉等皆入初選，最後由〈回家〉代表。作品質優多產，是劉碧玲出線的關鍵。

另十篇是溫良恭儉讓的「早起的鳥兒有蟲吃」一類：
〈貼紙人〉：貼紙人為民喉舌、做你眼睛、同理傷痛、緩衝墜落……超酷的！
〈星空下的旋轉木馬〉：詩一般的童話！主角的冒險，身旁都陪著媽媽。
〈小烏鴉喝水〉：利用觀察、實驗得來的知識解決問題，這是建構式的聰明。烏鴉天生喜歡蒐集亮亮的東西——玻璃瓶和不鏽鋼吸管，也是剛好而已。
〈小馬大虎回澎湖〉：本篇的「珠」是家鄉和親情，「櫝」則是語文遊戲。除了魔法，敘述過程中的語文滑稽也是「寓教於樂」樂的來源。

〈奇林〉：神祕、刺激又有點淡淡的憂愁。能力愈大愈奇葩，愈不見容於社會，是超人？是怪客？是高處不勝寒？是怕牙醫的鱷魚？

〈出租時間的羊奶奶〉：就說陪伴很重要，因為價值雙倍的租金！

〈完美的一天〉：杞人憂天，心裡有鬼。這一天糟糕得很完美，完美得很糟糕。

〈肚子裡的雷神〉：肚子餓會咕嚕咕嚕，因為有雷神！拉肚子會噗ㄘ噗ㄘ，因為有雷神！放屁會……可愛的胃脹氣神話。

〈搶救便當大作戰〉：做白工卻超有愛的溫馨冒險童話，穿西裝的小白鼠是最後的神仙教母，魔法來自美妙良善的社會制度。

〈搶救玩具店〉：迷你「玩具總動員」！回憶夢想的「初心」，就有堅持和前進的「動力」。本篇為小主編推薦獎作品。大主編袖手旁觀，結果出現後，聽到一位小主編雀躍的說：「管家琪老師到過我們學校，我們都好喜歡她吔！」

大主編唯一拉票的作品是〈妖怪惡龍的願望〉，這則零到九十九歲適讀的童話，被大主編郢書燕說為一則完美解釋「民主亂象」的寓言：西方來的「德先生」本來就是惡龍的形象。騎士騎著四足（行政、立法、司法、媒體）鼎立的白馬，拿著選票和罷免的寶劍，打擊穿龍袍、貼龍鱗的生物，拯救公主費（FREE）小姐。

【感謝】

感謝小主編！

還有小主編的爸媽，辛苦的護送小主編，高雄台南兩地奔波。

感謝台南大學陳昭吟教授，自願擔任主持人及計票員，幫忙照顧大家。

感謝左營讀寫堂出借白板教室，還準備點心，使我們決選會議輕鬆舒適。

感謝我的老婆打點招呼一切。

【反省】

這次評選，因為個人因素加上怠惰成性，可能漏了一些應列入評選的刊物。發現後時間上已來不及，也不忍加諸小主編臨時抱佛腳的壓力，這是我的過失。因此，若是童話作者有優秀的童話未被選入，肯定就是我漏掉了。

但如果被選上，則百分之百是大小主編一致公認的好作品。

評審期間傳來《小典藏》紙本於二〇一九年十二月休刊、轉為網路發行的消息，頗感可惜，希望《小典藏》依舊在兒童文學、童話的路上與我們同行。

【感言】

本年度童話大事記，最大事件肯定是兒文界人人敬愛的林良爺爺過世的消息。決心踏入兒文界前，我在職場累積出的人生哲學為：工作能否堅持一輩子，判斷的方法是去看前輩、主管和上司，想想自己未來願不願擁有那樣的一張臉。

後來，我在頒獎場合及研討會上，見到了林良爺爺的笑臉——那就是我未來期待擁有的臉。

各位入選的作者同好，未來也會有很多小讀者，希望擁有你們的笑臉吧！

找尋book思議的童話夢想國度

黃晨瑄

很榮幸有機會擔任《九歌一〇八年童話選》的小主編，因為這個機緣，讓我能一次大飽眼福欣賞這麼多精采的童話故事，除此之外，這個活動也讓我認識幽默風趣的哲瑋老師，還結交兩個新朋友。

這次的童話評選中，讓我打開了不一樣的視野，更佩服每個作者的創意巧思，他們透過有趣的童話故事傳達給我們不同的人生哲理，他們巧妙安排逗趣的情節總能讓我們讀來發出會心的一笑，他們的觀察敏銳也讓我了解創作的點子是無所不在，正因為篇篇故事都是精選再精選，因此，我們三個小主編可是絞盡腦汁，才能挑出最經典的二十篇童話故事。

〈完美的這一天〉這一篇故事，是我覺得最有趣的一篇，蜘蛛在被灌下迷湯之後，竟不知不覺透露出自己的身分，然而那種擔心自己在天敵面前洩漏身分的窘境，真是讀來令人莞爾。

〈回家〉這篇大家公認的經典故事，也是我很喜歡的一篇故事。它讓我覺得家人之間的愛不會因為死別而阻隔，透過祭拜的時節打開天聽，讓我們可以遙寄對逝去親人的愛。

〈蜘蛛小姐的舞伴〉這一篇故事，是我覺得頗具創意的一篇，蚱蜢落入蜘蛛精心編織的網子中，兩人打鬥拚搏的模樣，竟被誤會是在共舞，任誰也沒想到飢腸轆轆的蜘蛛竟願意放棄煮熟的鴨子，反而和蚱蜢一同跳舞，這樣的故事橋段應該前所未有吧！

〈郝禱梅〉這篇充滿正面思考的故事一定要分享給大家。世人對於倒楣事往往都避之而唯恐不及，但郝禱梅卻能利用這些倒楣事產生創作的靈感，我覺得這樣的正能量應該人人都很需要吧！許多偉大的發明不也是在重重的困難中誕生的嗎？

〈出租時間的羊奶奶〉這一篇故事讀來溫馨，也發人深省，其實父母每天為我們東奔西跑，為我們打點這，處理那，不也是在出租他們的時間嗎？雖然不管貧富貴賤，每一個人一天都有二十四小時，但是在不同階段要處理的事就大不相同，因此，互相體恤，分工合作，不正好可以解決時間不夠用，或是沒事做閒得發慌的不完美嗎？

〈小朋友怕什麼鬼〉這一篇故事充分運用食物鏈法則，作者的巧思安排，讓我們明白在你看來恐怖的事，別人或許不這麼認為，只因為一物剋一物，這不也是大自然不變的定律嗎？

讀完這麼多精采的故事，的確是收穫滿滿，也大呼暢快，感謝所有創意滿滿的作家，為我們的童年生活帶來多元的調味，更感謝九歌給我這麼好的機會，讓我可以因為閱讀而結交友伴，因閱讀而學習新鮮的事物，希望我們三個小主編為大家挑選的作品，能陪伴大家度過每個無聊的時光。

意外的收穫

葉力齊

一開始知道自己被九歌選為小主編時，心裡非常的雀躍又興奮，自己竟然幸運的被選中這份工作，這份工作不僅可以讓自己有多一點時間來閱讀，還可以選出自己最喜歡的童話來編成一本書，不做小主編可能連自己都會後悔！

我自己之所以會喜歡當小主編，是因為自己當小主編時可以藉由這一份工作來使自己有閱讀的機會。我是一個非常喜歡閱讀的小孩，從小爸爸六日休假都喜歡帶我們去圖書館，我第一次去圖書館就喜歡上那個地方，各式各樣的書永遠都看不完，每次我都是從早上看到下午二點多，感覺肚子好像有點餓了，才知道已經看到過了午餐時間（這是算是廢寢忘食吧！）。而每一次在自己心情很亂的時候，也喜歡從我的書架上拿一本喜歡的書開始回味，即使是已經看過的書，重新再看一次也是很開心。除此之外，我想當小主編的原因是因為我喜歡分享，尤其是分享我看過的書，我心裡面看完這本書的想法。可是偏偏每次在學校，我舉手要跟老師說的時候，老師都不理我，或者要我把機會讓給別的同學，說我一直講話都是我在講。這次當小主編，老師、同學即使不想聽都得被迫聽我分享，哈，真是一舉兩得。

但是，我卻沒想到我自己課業上的問題。由於那個時候是小學六年級，每天都嘻嘻哈哈的非常優游自在，尤其是在放暑假的時候，每天就算看半年份的童話都沒有問題！可是在暑假放完後，我就正式升上了國中一年級，每一天都要考試，功課又很多，幾乎很少有時間來好好讀童話，導致我只剩下寶貴的周末可以拿來讀童話，每天緊繃的生活讓我很少有時間休息，但當我現在把童話都讀完後，整個人好像都快要飛了起來一樣，像放下了心中的一塊大石頭，非常有成就感。雖然每天都很累，但這一次當小主編正好可以讓我自己有多閱讀的好機會。

但比起這一次在閱讀童話的部分，我更喜歡和大家討論的過程，每一個人都有自己不同的想法，有的人喜歡這一篇童話、有的人不喜歡、有的人根本沒有感覺，因此每一次在選童話的時候，大家幾乎都會互相爭論，有時我才剛說出我很喜歡的童話，其他人就立刻跳出來說自己不太喜歡，每一次開會都常常會發生這種狀況。而我們為了要讓評審們都保持中立來選出自己喜歡的童話，我們還會使用「硬幣」來選擇童話，可不是你想的那樣，拿硬幣來賭博之類的，而是運用硬幣的正反面來選擇，大家先決定好自己喜不喜歡，喜歡就是正面，不喜歡就是反面，擺好後把硬幣放在手下，再等老師數完三二一後一起公布，出來的結果總是讓票數較少的人感到不甘，又讓大家感到非常驚訝。而在選童話的時候有時有每個人都很喜歡的，硬幣翻開時大家都會不禁笑了一下，像〈和熊比腕力〉，就是我們大家一起選出來的一部童話，這一篇童話內容非常有趣，小男孩和熊的互動也非常吸引人，是我最喜歡的童話之一。

總而言之，能獲選為《九歌一〇八年童話》小主編，我真的非常榮幸。希望我以後還有機會為大家選出更多的作品！

童話就是生活中無限的想像

謝沛芸

能擔任這次的小主編，首先要感謝我的國小導師——溫美玉老師的推薦，我才有機會認識這次的主編——林哲瑋老師，更要感謝九歌出版社提供這樣的機會，我才能在這邊寫下我的感言。

當我知道能擔任小主編的時候，內心充滿著期待與驚喜，當然一開始也有些許不安，擔心自己沒辦法勝任。但在第一次哲瑋老師召集小主編們開會，解說如何進行評審工作時，我知道我已經愛上這份工作了，迫不及待想要馬上開始。不只因為我們的主編幽默風趣、平易近人，另兩位小主編也和我同樣年紀，讓我認識了兩位新朋友，最重要的是，當小主編還能免費閱讀一整年的童話故事，相信這一定是一次很棒的經驗。

在評審工作裡，我最喜歡每次開會的討論過程，當大家意見不一時，就要努力拉票，說服別人接受自己選的文章，如果還是沒結果，只能用翻錢幣投票決定，選兩篇出來廝殺決勝負，我每次翻都很緊張，很怕自己喜歡的童話沒選上。我發現我們三位小主編喜愛的童話故事有點不太一樣，我喜歡無俚頭又可愛的故事，因為邏輯很特別會讓讀者有更多想像的空間；晨瑄則偏好故事精采有深度的童話；而力齊喜歡有寓意的故事。當我們分享彼此的想法時，都會覺得特別有趣。

倒數第二次的開會討論讓我印象最深刻，因為評審工作已經快接近尾聲了，只能從眾多喜歡的故事裡選出前二十名，因幾次開會下來，大家愈來愈有默契，那次開會我們很團結也能互相體諒配合，雖然有些很喜歡的故事被刪掉了覺得很可惜，不過我們最後選出的二十篇故事，在我們三位小主編心中都是首選，那次大家的意見難得一致，非常有效率。

全部的故事裡，我最喜歡的是〈貼紙人〉，因為故事內容很有想像力，像貼紙一樣的特異功能太特別了，主角阿日明知道使用貼紙功能會讓自己的身體也受傷，但他仍願意用他的能力默默幫助別人，看的過程中有一度非常感動，尤其是他幫助想當英雄的阿凱，明明自己才是真正的英雄，但他卻不邀功不驕傲，我很欣賞像阿日那樣的人。

最後，要特別謝謝哲璋老師，他是我在這次交流討論中，幫助我最多的人。老師給我許多建議讓我有更進一步的想法，因為有時候我不知道自己想的方向對不對，但是老師和其他兩位小主編都會給我不同的構想，讓我受益良多。當然也要謝謝晨瑄和力齊，我們一起努力終於完成了這部偉大的著作，真的很高興認識你們。不過，我們最後還要再合作一次，就是要用我們的念力，希望我們選出的故事，讀者們都會喜歡。

一〇八年童話紀事

◎陳玉金

一月

●五至二十日，以繪本《恐龍×光》獲得二〇一八 Openbook 最佳童書獎的韓國繪本作家慶惠媛在田園城市展出「剛好 hen 惠畫：慶惠媛原稿插畫 & 剛好精選書展」。

●十一日，「二〇一九台北國際書展大獎」今年新設立「兒童及青少年獎」，首次共有三本獲得首獎：陳俊堯、FOREST《值得認識的三十八個細菌好朋友》（國語日報社）、湯姆牛《藝術家阿德》（遠見天下）、幾米《不愛讀書不是你的錯》（大塊文化）。

●十四日，義大利波隆那插畫展公布今年入選插畫作品及繪者名單，台灣共有九位插畫家獲此殊榮：陳盈秀、陳永凱（阿尼默）、蔣孟芸（貓魚）、周宜賢、江培瑜、林芸、戴語彤、鄧彧、李允權，入選人數創歷史新高。本屆總計來自全球六十二個國家，二千九百零一人參加，選出二十七個國家的七十六位插畫家。

●王力芹著、羅莎圖，《都是ㄇㄞˋ的：王力芹童話故事集》由威秀少年出版。

●林哲璋著、BO2圖，《屁屁超人與錯字大師和跳跳娃》由親子天下出版。

●林哲璋著、BO2圖，《用點心學校10：皇家金布丁》由小天下出版。

●陳正恩著、嚴凱信圖，《很難打開的鎖》由小兵出版。

●鄭宗弦著、唐唐圖，《少年廚俠3：消失的魔石》由親子天下出版。

二月

●十二至十七日，第二十七屆台北國際書展在台北世貿舉行。總計國內外有五十二國、七百三十五家出版社參與。十五日的童書論壇「圖畫書的可能性」由柯倩華主持，邀請葛拉西亞．高蒂（Grazia Gotti）與幾米主講。

●王文華著、施暖暖圖，《小狐仙的超級任務1：真真假假狀元郎》、《小狐仙的超級任務2：代班雷神立大功》、《小狐仙的超級任務3：天下無敵小氣鬼》、《小狐仙的超級任務4：賭鬼最怕倒楣神》、《小狐仙的超級任務5：飛天龍有懼高症》、《小狐仙的超級任務6：大家來抓偷夢賊》、《小狐仙的超級任務7：瘦瘦狼仙大騙子》由小兵出版。

●周姚萍著、王宇世圖，《周姚萍講新魔王故事2：奇奇時空機》由五南出版。

三月

●五日，九歌出版社公布一〇七年度童話獎得主為王宇清〈星願親子餐廳〉、小主編推薦童話獎得主為許亞歷〈讓色彩再現的灰階國〉奪得。

●二十一日，《三球毛線，編織自由》的繪者河野雅拉，為日裔任職於葡萄牙出版社的創作者兼美術編輯，下午於宜蘭小魯繪本館舉行國際交流會。

●二十九日，知名畫家吳昊離世，為東方畫會成員，享年八十八歲。吳昊曾為中華兒童叢書《老婆婆和黑猩猩》、《汪小小尋父》、《汪小小學醫》、《汪小小學畫》等書畫插圖。

●謝鴻文主編、王淑慧等圖，《九歌一〇七年童話選之許願餐廳》、《九歌一〇七年童話選之神仙快遞》由九歌出版。

●郭恆祺著、BO2圖，《文具精靈國1：創意魔小開學趴》由小魯出版。

●李光福著、崔麗君圖，《後宮真煩傳》由小兵出版。

四月

●一日，義大利波隆那兒童書展頒發年度最佳童書出版社，亞洲區得主為大塊出版公司。由文化部主辦，台北書展基金會承辦的台灣館，以「山裡的圖書館」為主題設計獲得讚揚。

●二十七日，第三十一屆信誼幼兒文學獎舉行頒獎典禮，總計收到五〇六件作品，決審評委選出圖畫書創作首獎《小黑與櫻花》、佳作《小棉花》，文字首獎從缺，《找帽子》獲得佳作獎。

●二十日，「好書大家讀」二〇一八年度最佳少年兒童讀物得獎好書舉行頒獎典禮。年度最佳少年兒童讀物共有單冊圖書一〇四冊、套書三套一〇冊獲獎，其中文學讀物三十三冊，圖畫書及幼兒讀物單冊五十二冊、套書一套三冊，知識性讀物單冊十九冊、套書二套七冊。在獲獎的作品中，本土創作或編著共三十五冊，翻譯作品七十九冊。本年度得獎書的主題越發多元，如弱勢家庭與族群關懷、校園霸凌、動物擬人化小說等，有別於以往多數為奇幻體裁的小說。

●王淑芬著、尤淑瑜圖，《貓巧可4：貓巧可救了小紅帽》由親子天下出版。

●王文華等著、許台育等圖，《超馬童話大冒險1：誰來出任務？》由字畝文化出版。

五月

● 三至四日，國立台東大學兒童文學研究所主辦「二〇一九兒少文學與文化學術研討會——誰在說兒少讀者?」」主題論文二十四篇，採分科分場方式進行，從「生產」、「收受」與「理論論述」三個層面深入探討大會主題。

● 繪本畫家李瑾倫以《呼喚我的貓》入選英國圖書信託基金（Booktrust）五月份的三到五歲「保證閱讀好書」推薦書單。

● 繪本畫家郭飛飛的繪本作品《I can fly》，入圍二〇一九年英國「佛魯格繪本獎」（Klaus Flugge Prize）決選名單。

● 第六十六屆「日本產經兒童出版文化獎」得獎名單公布，台灣繪本作家林小杯以《喀噠喀噠喀噠》獲頒該獎的翻譯作品獎，為我國代表作品首次獲獎。本書曾獲文化部補助翻譯出版。

● 王玄慧著、陳品睿圖，《狐狸阿聰2》由巴巴文化出版。

六月

● 四至三十日，桃園展演中心展出第七屆「桃園插畫大展」，展出來自十一國六十位創作者共計一百九十幅插畫作品。插畫競賽金獎由在地插畫家蕭宇珊，以〈重新起飛，從心起飛〉奪得；銀獎及銅獎分別由賴信豪、溫守瑜獲獎；桃園限定的特別獎項「桃畫獎」則由黃昱佳獲得；佳作共計十六名。

●十二日，第十三屆林君鴻兒童文學獎舉行頒獎典禮，第一名林益生〈彩虹起床了〉、李襄君〈夜旅〉、林言穗〈入眠——安寧病房的孩子〉。

●王文華著、25度圖，《可能小學的藝術國寶任務1：代號毛公行動》、《可能小學的藝術國寶任務2：決戰蘭亭密碼》、《可能小學的藝術國寶任務3：穿越夜宴謎城》、《可能小學的藝術國寶任務4：259敦煌計畫》由親子天下出版。

●賴曉珍著、BO2圖，《好想讀童話：洗狗人大戰飛天豬》由小天下出版。

●姜子安著、吳子平圖，《喵星人出任務》由小兵出版。

●孫成傑著、熊育賢圖，《動物溫泉》由小康軒出版。

●賴曉珍著、尤淑瑜圖，《好品格童話1：壞脾氣的星星》由小天下出版。

●賴曉珍著、吳欣芷圖，《好品格童話2：孔雀先生的祕密》由小天下出版。

●王淑芬著、尤淑瑜圖，《貓巧可4：貓巧可救了小紅帽》由親子天下出版。

●顏志豪等著、許台育等圖，《超馬童話大冒險2：在一起練習曲》由字畝文化出版。

●王家珍著、黃祈嘉圖，《精靈的慢遞包裹》由字畝文化出版。

七月

●一至二十八日，成軍二十三年的圖畫書俱樂部舉行「書店裡的手製繪本展」首站在台北花栗鼠繪本館舉行。接下來在八月三日至三十一日，在高雄．小房子書鋪展出。九月七日至二十九日在台中．梓書房。十月五至二十七日，桃園．毛怪和朋友們。十一月二日至十二月一日，台北．小路上藝文空間。

●二至四日，國立台東大學兒童文學研究所舉辦「夏日學校．兒文零距離」，課程有林文寶、楊茂秀、張子樟、杜明城、陳錦忠、王友輝、游珮芸、黃雅淳、藍劍虹等共計教授與兒童文學相關十堂課。

●十二至十五日，由文化部及台北市政府教育局指導、中華民國出版商業同業公會全國聯合會與揆眾展覽共同主辦的童書主題展「台北國際童書展」與「台北國際婦幼大展」、「台北樂器大展」在世貿一館同步展出，本次展出的主軸「贏在閱讀」，三十五家童書出版社參與。

●十七日，一〇八年教育部文藝創作獎得獎名單公告，教師組童話項共六名：優選：

陳昇群〈阿皮的隱身術〉，優選：黃培欽〈電光寶貝〉，優選：陳志和〈會凸槌的土地公〉，佳作：李柏宗〈貼紙人〉，佳作：王佷凱〈我要當個怪猴子〉，佳作：郭鈴惠〈兔爸的簡單蛋糕店〉。

●二十七至三十日，二〇一九蘭陽繪本創作營以「寶貝．蘭陽美」為主題，結合宜蘭當地人文和特產等元素，為嬰幼兒創作出富含家鄉之美的繪本。本次邀請日本繪本作家三浦太郎與學員們進行一對一的作品深度討論與分析。

●王文華著、九子圖，《月光下的舞蹈家》由小天下出版。

●哲也著、水腦圖，《小恐龍大鬧恐怖學園》由親子天下出版。

●亞平著、李小逸圖，《貓卡卡的裁縫店2：河馬夫人的禮服》由小天下出版。

●許亞歷著、許珮淨圖，《到怪獸國遊歷：文字欲大解放，喚醒創作力！》由幼獅文化出版。

八月

●十二日，第四十三屆金鼎獎得獎名單公布。特別貢獻獎由幸佳慧獲得，評審委員盛讚，幸佳慧的實踐，是在進行一場發生於兒童文學領域內的閱讀社會運動。圖書類出版獎：兒童及少年圖書獎：幾米《不愛讀書不是你的錯》、張維中著、南君圖《麒麟湯》、陳俊堯《值得認識的三十八個：細菌好朋友》、林世仁《小師父大徒弟：尋找心的魔法》。

● 十二日，文化部辦理「第四十一次中小學生讀物選介」結果出爐。本次共計共有二八〇家出版社報名參選，由三千三百九十五種參選讀物，選出八大類五九〇種推介讀物、七十本精選之星推薦。

● 二十六日，原定於九月十二日舉行頒獎典禮的金鼎獎，因顧及獲得特別貢獻獎的幸佳慧病危，今日行政院特邀她到院接受頒獎。

● 二十九日，台南市政府文化局公布第九屆台南文學獎得獎名單，其中兒童文學：首獎陳正恩〈老劍獅與流浪狗〉；優等陳榕笙〈夜奔〉，佳作劉碧玲〈回家〉、陳啟淦〈最特別的禮物〉、黃脩紋〈漂亮的小蜘蛛〉。

● 哲也著、右耳圖，《YES！也算是小超人2：超能力出租店》由小天下出版。

九月

● 六日，二〇一九年上年度（第七十六梯次）「好書大家讀」優良少年兒童讀物評選結果揭曉共計選出單冊圖書一九五冊、套書二套七冊。

曲》，評審獎：李郁棻《故宮嬉遊記：古物飛揚》，推薦獎：娜芝娜《鯨魚的肚臍》，榮譽獎：邱靖巧《短褲女孩青春週記》。

●二十五日，第二十七屆九歌現代少兒文學獎舉行頒獎典禮。首獎：薩芙《少女練習

●二十五日，第十屆金漫獎頒獎，插畫家崔麗君以《貓、妮妮一起玩》奪得兒童漫畫獎。

●二十七日，第八屆台中文學獎公布，童話：第一名洪雅齡〈鳩寶勇闖挑戰營〉、第二名許庭瑋〈強哥〉、第三名李郁棻〈發呆的阿待〉；佳作鄭丞鈞〈搶救便當大作戰〉、王美慧〈海底美食街〉、蘇麗春〈白鷺詩王國的小詩鷺〉、蔡淑仁〈唱給月亮的搖籃曲〉。

●高雄市圖總圖開啟「《好繪芽》繪本創作人才扶植計畫」，第一階段「繪本創作班」邀請繪本作家夫妻檔黃郁欽、陶樂蒂全程帶班講授故事寫作、繪本創作、即時解惑和討論，並規畫九堂講師課程，包含張淑瓊、楊禎禎、海狗房東、林小杯、周見信、郭乃文、邱承宗、高明美、童嘉、姚信安等十位實務經驗豐富的講師。課程從九月七日起至十二月十四日周末上課。

●亞平著、黃雅玲圖，《狐狸澡堂1：誰闖進來了？》由國語日報出版。

●洪國隆著、徐建國圖，《沒見過火雞的國王》由小兵出版。

● 黃登漢著、徐至宏圖，《太空小戰警》由小兵出版。

● 賴曉珍著、Momo Jeff（摸摸傑夫）圖，《好品格童話7：小鱷魚別開門》由小天下出版。

● 賴曉珍著、蔡豫寧圖，《好品格童話8：大野狼咕嚕咕嚕》由小天下出版。

● 郭恆祺著、BO2圖，《文具精靈國2：誰叫我是萬人迷！》由小魯出版。

● 劉思源等著、尤淑瑜等圖，《超馬童話大冒險3：我們不同國》由字畝文化出版。

十月

● 二日，第九屆新北市文學獎得獎名單出爐，繪本故事首獎：吳玉華〈愛吃書的小怪獸〉、優等：陳巧妤〈小乖，你也很棒！〉。

● 五日，繪本作家劉旭恭以《橘色的馬》瑞典版，榮獲二〇一九年國際童書大獎彼得潘獎（Peter Pan Prize），此獎鼓勵在瑞典出版的翻譯兒童繪本及青少年讀物，特別是當地不易見到的文化、語言、國家的作品，藉此增進世界兒童文學交流。

● 六日，海峽兩岸兒童文學研究會、天下文化於台北「93巷人文空間」為林良舉行九十六歲暖壽宴會暨《快樂少年》新書分享會。

●七日，二〇一九年桃園鍾肇政文學獎「丹桂飄香掛心腸」得獎名單出爐，兒童文學類：正獎：范富玲〈人人都是土地公〉、副獎：巫佳蓮〈吃眼睛的怪獸〉、葉衽傑〈夢牆〉。

●十四日，高雄市圖總圖《好繪芽》繪本創作獎助計畫開啟第二階段徵件，至明年二月十四日止，公開徵求台灣繪本好手之繪本提案，獎助提供創作扶持金、保證出版、補助購買與協助推廣等。

●十六日，兒童文學作家幸佳慧病世（出生於一九七三年），享年四十六歲。幸佳慧為英國新堡大學兒童文學博士，長期從事兒童文學創作、推廣、研究與翻譯。

●二十五日，第十八屆「國語日報兒童文學牧笛獎」揭曉，首獎從缺，第二名有兩位：嚴謐〈眼鏡遊戲〉、王林柏〈貝爾的願望〉；第三名：鄭若珣〈收字紙的人〉；佳作：劉美瑤〈關於離開這件事〉、劉丞娟〈好神補習班〉、黃淑萍〈死神的任務〉。

●林哲璋著、BO2圖，《拯救邏輯大作戰：無尾熊抱抱記》由四也出版。

●蕭逸清著、九春圖，《汪爾摩斯&喵森羅蘋3：雙重沙盤的謎團》由康軒出版。

十一月

●十六日，由台灣兒童文學研究學會主辦的「秋季論壇」，邀請瑞典、台灣、香港學者以「兒童文學研究與出版」為題，於新竹舉行。

●十七日，中華民國兒童文學學會主辦「傑出兒童文學作家作品討論會」，於兒童文學的家舉行。邀請周惠玲擔任領讀人談「林世仁作品的過去．現在與未來——二十五年的觀察小心得和小提問」，作家林世仁也在現場分享創作想法。

●三十日，全球規模第二大、西語世界最大規模的墨西哥瓜達拉哈拉書展登場，台灣館由文化部主辦、台北書展基金會承辦，本屆邀請插畫家賴馬和漫畫家小莊參加。

●三十日，二〇一九 Openbook 最佳童書獎，獲選最佳童書共六本，其中台灣原創有黃一峰的《怪咖動物偵探：城市野住客事件簿》、何華仁的《哇！公園有鷹》。獲得最佳青少年圖書共四本，台灣原創有安石榴的《那天，你抱著一隻天鵝回家：52則變形、幻想與深情的成人童話》。林真美以《有年輪的繪本》獲得年度最佳美好生活書獎。

●王家珍著、詹迪薾圖，《小可愛聖誕工廠》由字畝文化出版。

●亞平著、黃雅玲圖，《狐狸澡堂2：誰要吃飯糰子？》由國語日報出版。

●洪佳如著、六十九圖，《魔法的祕密》由幼獅文化出版。

十二月

●七日，由國家圖書館主辦的「一〇八台灣閱讀節」，台灣閱讀節系列活動「森林故事村」在台北市大安森林公園舉行。國家圖書館邀請台北二十六個團體單位市立圖書館、小魯文化等團體單位，以四十一個故事屋篷，以說故事、故事劇場、手做創作活動、互動遊戲等，帶領前來參與的讀者體驗不同的故事空間和活動。

●十四日，由中華民國兒童文學學會主辦跨界座談，於國立台灣圖書館舉行。由台東大學兒童文學研究所所長、中華民國兒童文學學會理事長游珮芸主持兩場：上午場「電視劇與兒童文學」《你的孩子不是你的孩子》，與談人：導演陳慧翎、國立台東大學兒文所副教授藍劍虹；下午場「法律vs兒童文學跨界對談」《山手線死亡遊戲》，與談人：前任台北地檢署檢察官、現任主任行政執行官兼組長黃惠玲、國立台東大學兒文所助理教授葛容均。

●二十一日，第十八屆「國語日報兒童文學牧笛獎」舉行頒獎典禮，並出版得獎作品集《眼鏡遊戲》。

●二十三日，出生於一九二四年的兒童文學作家林良辭世，享壽九十六歲。以筆名子敏寫散文、本名為小讀者寫作。曾任小學老師、新聞記者、國語日報編輯、社長、董事長等。為台灣兒童文學導師，曾獲信誼幼兒文學特別貢獻獎、金鼎獎終生成就獎、國家文藝獎等，獲頒「景星二等勳章」。著有散文集《小太陽》，兒童文學論文集《淺語的藝術》，兒童文學著作《我要大公雞》、《我是一隻狐狸狗》、《我要大公雞》、《小紙船看海》……等及翻譯圖書達兩百多冊、兒歌創作達六千多首。

●創辦自二〇〇四年九月一日的《小典藏 Artco Kids》，宣布在本月第一八四期出刊後，終止紙本出刊。

●王文華著、陳志鴻圖，《王文華的食育童話：營養食堂直播室》由康軒公司出版。

●王文華著、陳佳蕙圖，《王文華的食育童話：小魔女早餐店》由康軒公司出版。

●王淑芬等著、蔡豫寧等圖，《超馬童話大冒險4：大家來分享》由字畝文化出版。

●黃舞樵著、黃志民圖，《豌豆小公主與傑克》由幼獅文化出版。

九歌一〇八年童話選之早起的蟲兒被鳥吃
Collected Fairy Stories 2019

國家圖書館出版品預行編目（CIP）資料

九歌童話選之早起的蟲兒被鳥吃 . 一〇八年 / 林哲璋主編 ;
吳嘉鴻 , 李月玲 , 陳和凱圖 . -- 初版 . -- 台北市 : 九歌 , 2020.03
面 ;　公分 . -- (九歌童話選 ; 19)
ISBN 978-986-450-279-0(平裝)
863.59　　109001248

主　　編——林哲璋、黃晨瑄、葉力齊、謝沛芸
插　　畫——吳嘉鴻、李月玲、陳和凱
執行編輯——鍾欣純
創 辦 人——蔡文甫
發 行 人——蔡澤玉
出　　版——九歌出版社有限公司
台北市 105 八德路 3 段 12 巷 57 弄 40 號
電話／ 02-25776564・傳真／ 02-25789205
郵政劃撥／ 0112295-1

九歌文學網　www.chiuko.com.tw

印　　刷——晨捷印製印刷股份有限公司
法律顧問——龍躍天律師 ・ 蕭雄淋律師 ・ 董安丹律師
初　　版——2020 年 3 月
定　　價——280 元
書　　號——0172019
I S B N——978-986-450-279-0

本書榮獲 台北市文化局 Department of Cultural Affairs Taipei City Government 贊助